水しか出ない神具【コップ】を授かった僕は、不毛の領地で好きに生きる事にしました 2

ALPHA LIGHT

長尾隆生
Nagao Takao

アルファライト文庫

主な登場人物
Main Characters
ヒューレ
シアンが保護した大エルフの少女。
可憐《かれん》な見た目に反して
大酒飲み。
シアン
本作の主人公。水しか出ない役立
たずの神具【コップ】を授《さず》かったせいで、
不毛《ふもう》の領地に追放されてしまう。
バタラ
心優《やさ》しい町娘。
寂《さび》れた町を復興《ふっこう》しようとする
シアンの助けとなる。

エンティア
シアンの専属教師。
基本的に無表情だが、興味のある
事柄には笑顔を見せる一面も。
メディア
天才だけどちょっぴり
性格が残念な医師。
研究と植物が好きすぎる。
ベルジュ
明るく元気な町の
宿屋の看板娘。
ナデナデの腕が超一流らしい。

第一章　新《あら》たな力と新たな住民と

僕、シアン＝バードライは、女神《めがみ》様から水しか出ない神具【コップ】を授《さず》かり、実家の大貴族家に見放されて不毛《ふもう》の領地、エリモス領に追放されてしまった。

どんぞこに叩《たた》き落とされた僕だったが、信頼できる家臣たちの助けもあり、エリモス領の領主として生きていくことを誓《ちか》う。

そして訪れたエリモス領唯一の町、デゼルトで僕は【コップ】の真の力を知ることになる。

その正体《しょうたい》は【聖杯】というもので、水だけでなくあらゆる液体を複製《ふくせい》できるという能力を持っていたのだ。

僕はこの能力を使って、デゼルトに住む全ての民を幸せに導くことにした。

かつて僕が女神様から受けた神託《しんたく》に従《したが》うために。

そして何より、僕がそうしたかったから。

◇

◇

◇

『条件を満たしました。【聖杯】の力が一部開放されます』

魔獣《まじゅう》シーヴァの試練を乗り越《こ》え遺跡探索《いせきたんさく》の打ち上げをしていた時、僕の脳内にそんな声が響《ひび》いた。

その時は打ち上げの最中だったこともあり、すぐに開放された力を調《しら》べることはしなかったのだが、それから数日後の昼下がり。

およそ一ヶ月ぶりとなる収穫祭《しゅうかくさい》の準備で朝からみんなが走り回る中、僕は一人、領主館の休憩《きゅうけい》室でスキルボードを出現させ、新しく開放された能力について調べていた。

過去にも僕は、同じ声を聞いたことがあった。その時は、民を幸せにすることで獲得《かくとく》できる『幸福ポイント』という数値を使うことで、【コップ】に登録している液体の品質を改良させられるという能力が開放されたのだ。

そして僕は、試《ため》しに一番消費ポイントの少なかった【水】の品質を改良したっけ。

そして出来上がったのが【おいしい水】という改良品だったのだが……あまりに美味《おい》しすぎて中毒性が出て、危《あや》うく大変なことになりかけたのである。

それからもう一つ、【コップ】から出せる【砂糖水飴《さとうみずあめ》】も品質改良してみた。

こっちの方は特に中毒性が増すことはなく、単純に純度《じゅんど》が上がっただけだった。そのおかげで【砂糖水飴】が、時間が経《た》っても濁《にご》らなくなった。

料理長のポーヴァルによれば、普通の砂糖水飴には糖以外の物質も含まれていて、それが結晶化《けっしょうか》するせいで濁りが出るのだという。

「ただし、純度が増したからといって、味がよくなるというわけでもないんですよ。料理や菓子にはむしろ普通の【砂糖水飴】を使った方が、美味しいものが作れるんですがね」

ポーヴァルはそう言っていたが、砂糖水飴を交易品《こうえき》として他の町に運送する行商人のタージェルは、純粋《じゅんすい》に濁りが出なくなったことを喜んでいた。

「やはりお客様は、濁りがあるものは買いたがりませんし」

なんでも、濁った【砂糖水飴】はかなりの安値で買い叩かれることもあったらしい。味より見た目を優先する気持ちは僕にもわかる気がする。

ただ、改良された【砂糖水飴】を作製するには、通常よりも消費魔力が大きくなってしまう。

今の僕の魔力なら特に問題はないが、何かあった時のために節約を心がけることは大事だ。

というわけで、交易には改良品を出し、普段使いする分は通常品を出すことにしたのである。

そんなことをつらつらと思い出しながら、僕はスキルボードに目を向ける。

「さて、今回開放された【聖杯】の力とはどんなものかな」

独《ひと》り言《ごと》を口にしながら、スキルボードに顔を近づける。

「使い勝手がいいものだといいんだけど」

まずは、ボードの一番下にある非常に小さな文字に目を凝《こ》らした。

相変《あいか》わらず見づらい『幸福ポイント』は、1126ポイント貯《た》まっている。

「前に見た時より、増えているな」

このポイントを使えば、試験農園を管理しているメディア先生が熱望する【水肥料】の品質改良を行うことも可能だろう。彼女は僕の能力を知ってから、何かにつけて改良を要求してくるのだ。

今までは「ポイントが足《た》りないから」と断《ことわ》っていたけれど、これだけあるなら叶えてもいいのではないだろうか。

実のところ、この『幸福ポイント』がどういった仕組みで増えるのかは、未《いま》だによくわかっていない。

言葉通りに『民がどれだけ幸福になったか』を表す評点だとは思うが……

「いまいち基準《きじゅん》がわからないんだよな……とにかく、僕が領民を幸福にすればするほど数値が増えるとだけ思っておけばいいか」

ただ、それだともらえるポイントには限界がありそうな気もする。

もちろん僕は、これからも領民が幸せになるためなら努力を惜《お》しむつもりはないが、まだ詳《くわ》しいことがわからない以上、無駄遣《むだづか》いはできない。

あれこれとポイントを消費して、本当に必要な時に足りないなんてことになるかもしれないからだ。

「って、そんなことを考えるのは能力がどんなものかを調べてからだな」

大体、新しく開放された能力が、ポイントを使うものだとは限らない。

それにしても……女神様は少しくらい、スキルボードの使い方の説明を僕にするべきだと思う。

毎回毎回、新しく開放された能力を手探《てさぐ》りで探《さが》すところから始めないといけないのは大変だ。

その上、見つけた能力の使い方を、その都度《つど》調べないといけないのだから不便にもほどがある。

スキルボードを操作《そうさ》していると、時々思うことがある。

もしかしたら僕が見つけていないだけで、今使っている能力には他の使い方もあるのではないか、と。

それどころか、使い方自体が間違っているのではないかとすら思う時だってある。

たとえば品質改良の力は、僕が正しく使えていないから扱《あつか》いにくいと感じているのではないか。

「この【コップ】を授かった時に、説明書もつけてくれればよかったのに……」

僕は小さくため息をついた。

気を取り直し、スキルボードをじっくりと見て何か変化した部分がないか探していく。

今回は一体どんな能力が追加されているのだろうか。

見落としのないように目を凝らすと、今回は思っていたより簡単に見つけることができた。

スキルボード上部の右端《みぎはし》に、四角いボタンのようなものが追加されていたのである。

「このボタンは確か、今まではなかったはず」

ボタンには何やら文字が書かれていたので、僕はそれを読んでみた。

「えっと、『神《かみ》コップ作製』……『神コップ』ってなんだろう」

もしかして……【聖杯】のことか？

僕は手に【コップ】を出現させて眺《なが》める。

「確かに【聖杯】は色々なものを複製できるけど、これと同じ神具まで作り出せるものなのか？」

もし【聖杯】と同じ神具を何個も作れるとしたら、それはもはや神の力そのものだ。

「いや……【聖杯】じゃなくて『神コップ』って書いてあるんだから、たぶん違うんだろう。【聖杯】が作れるなら『聖杯作製』とでも書かれているだろうし」

僕は一旦《いったん》そう結論を出し、ボタンにゆっくりと指を近づける。

「とりあえず悩《なや》んでいても仕方ない。いつも通りに試してみるしかないよね」

そう独り言を呟《つぶや》きながら思い切って、『神コップ作製』ボタンを押す。

すると、スキルボードの上に、小さいボードが新たに浮かび上がった。

「お、次の選択肢が出てきた。こういうところは親切なんだよな」

小さなボードには、こう書かれている。

『幸福ポイント１０００を消費して【サボエール】の『神コップ』を作製しますか？　はい・いいえ』

表示された文章を読んで、僕は首を捻《ひね》る。

これは一体どういう意味だろう。

サボエールがお酒なのはもちろん知っているが、それの『神コップ』？

それも謎《なぞ》だが、作製するために『幸福ポイント』が１０００も必要なのも驚《おどろ》きだ。

「こんなにポイントが必要なんじゃ、試してみるのにも勇気がいるな」

なんせ、現状の『幸福ポイント』は１１２６しかないわけで。

１０００ポイントも消費してしまうと、残りはほとんどなくなってしまうことになる。

せめて２００ポイントくらいなら気軽に作製してみてもいいのだが……

「待てよ。もしかしたら……」

僕はあることに思い当たり、一旦『いいえ』を選択してボードを閉じる。

そしてもう一度スキルボードを操作して、【コップ】から出すものを【サポエール】から【水】に切り替えた。

その状態で、もう一度『神コップ作製』のボタンを押してみる。

すると――

『幸福ポイント400を消費して【水】の神コップを作製しますか？　はい・いいえ』

やはりだ。

どうやらポイントの消費量は品質改良と同じく、選択したものの種類によって変化するようだ。

そしてこの能力は、スキルボードで選択した液体の『神コップ』とやらを作ることができるらしい。

問題はその『神コップ』が何かということだ。

「こればかりは作ってみるしかないけど……水以外の消費ポイントも確認しておくか」

一応全ての液体を調べてみたが、やはり【水】が最も消費ポイントが低かった。

お試しとしては、一番ポイントが少ない【水】の『神コップ』を作製するのがいいのはわかっている。

だけど、せっかくポイントを使うのなら、他のものの方がいいのではないか。

あれこれと思案《しあん》しつつ、スキルボードの『はい』の前で指をさまよわせていると、不意に誰かが僕の背中を叩いた。

軽くぽんっと叩かれただけだったのだが、考え事をしていた僕は、思いもよらない刺激にびくっと反応し——

「うわっ」

ぽちっ。

勢い余って思わず『はい』を押してしまった。

そして僕の脳内に、『幸福ポイントを４００消費して【水】の神コップを作製しました』という声が流れる。

しまった！

そう思ったが、もう時既《すで》に遅《おそ》し。

スキルボードに表示されている幸福ポイントの数字は、一気に４００減《へ》って７２６になった。

「もう、誰だよ！　突然背中を叩いたのは！」

僕はつい大きな声でそう言って、振り返る。

そこにはシーヴァを抱《だ》っこしながら片手で前足を持ちながら、驚きの表情を浮かべた町娘のバタラと、その後ろでやや目を丸くしたメイドのラファムの姿があった。

今まで彼女たちに大声を上げたことはなかった。

だから僕がそんな態度を取ったことに驚いたのだろう。

スキルボードの見えない彼女たちには、僕はただぼーっとしているだけに見えたに違いない。

そんな僕を少しだけ驚かせようと、バタラは軽いイタズラのつもりでシーヴァの肉球を背中に軽く押しつけたようだ。

そう理解した時、彼女の瞳にじんわりと涙が浮かんだ。

『あーあ、泣かせたのじゃ』

シーヴァが念話を送りつつ、彼女の腕からするりと抜けて地面に下りる。

「あっ、あのっ私っ……シアン様と一緒に収穫祭に行こうと思って声をかけようと……」

震《ふる》えた声で言って背中を向けた彼女の手を、僕は慌《あわ》てて掴《つか》む。

「違うんだ。僕は別に怒ったわけじゃなくて、ただびっくりしただけで。だから泣かないでくれ」

「ごめんなさい、私も少し驚いてしまって……」

「いや、謝《あやま》らなくていいんだ。むしろ僕の方こそ大声を出して本当にすまない……」

必死にバタラをなだめる僕を、シーヴァとラファムはフォローもせず、面白《おもしろ》そうにニヤニヤと眺めている。

こいつらにはあとでじっくりと説教せねばなるまい。

「怒っていませんか？」

「ああ、怒ってないとも。本当に弾《はず》みで大声が出てしまっただけで」

新しい能力を確認するために、どうせ『神コップ作製』はやらなければならなかったことだ。

それをポイントを無駄にしたくないと長々と無駄に悩んでいた僕の方が悪い。

「だから涙を拭《ふ》いてくれないか。君の泣き顔を見るのは、なんというかその……辛《つら》いからさ」

そう言って僕はハンカチを渡す。

「……はい」

バタラはそう答えると、目尻《めじり》に浮かんだ涙を受け取ったハンカチで拭いて少し頬《ほお》を赤らめつつ微笑《ほほえ》んでくれた。

僕はなんとなく彼女を直視《ちょくし》できず、少し顔を背《そむ》けながら説明する。

「実は【コップ】の新しい力が開放されたから、それを試そうとしていたんだ」

「新しい力……ですか？」

「ああ。『神コップ作製』という能力らしいんだけど、それがなんなのかがわからなくてさ」

そういえば、先ほどの出来事で【水】の『神コップ』とやらは作製されたはずだけれど、一体どこにあるのだろう。

もしかしたら、作製と言っても実際に物質化するような能力ではなかったのだろうか。

確かめるためにもう一度スキルボードに変化がないか確認しようとした、その時。

「わふんっ‼」

足下からシーヴァの鳴き声がしたかと思うと、脳内へ『これか？』という念話が飛んでくる。

なんだと思って下を向くと、何かを口に咥《くわ》えた状態でお座りしていた。

「それ、どこにあったんだ？」

形状からしてどうやらコップのようだったが、僕の【コップ】よりも見た目がかなり安っぽい。

『お主が情けない悲鳴を上げて跳《と》び上がった時に、足下に落ちるのを見たのでな』

『悲鳴なんて上げてないだろ』

脳内でシーヴァに反論しつつ、コップを受け取って調べてみる。

重さはほとんど感じない。

強度は少し力を入れるとへこむほど柔《やわ》らかく、質感からしてもこれは――

「紙？」

そう、それは紙で作られたコップであった。

だが、紙は水に弱い。濡《ぬ》れる可能性のある用途《ようと》では普通、羊皮紙《ようひし》が使われる。

そんな素材でコップを作るとは……。

「神の御業《みわざ》……ってやつか？」

しかしこれでは『神コップ』ではなく『紙コップ』じゃないか。それに、こう言ってはなんだが、見た目も貧相《ひんそう》だ。

僕の【聖杯】もそうだけど、女神様はあまり見かけにはこだわらないのだろうか。

そんな風に思っていると、バタラが僕の手元を覗《のぞ》き込んで尋《たず》ねてきた。

「そのコップが新しい力なのですか？」

「たぶんね。僕の知る限り、紙製のコップなんて見たことも聞いたこともない。ラファムは知ってる？」

「いいえ。そもそも紙でコップを作ることに意味があるとは思えません。それなら普通に焼き物で作った方が安上がりですし、見かけも美しいでしょう」

「だよなぁ」

しかし、あれだけのポイントを消費して作製されたものが、意味のないものだとは思えない。

一体この『神コップ』とはなんなのか。

液体の指定があったからには、【水】に関する何かがあるのだとは思うが……

するると、バタラがこちらに手を差し出してきた。

「少しそのコップを見せていただいてもよろしいですか？」

「いいけど、結構柔らかくてあまり力を入れるとへこんでしまうから、一応注意してね」

「はい」

『神コップ』をバタラに手渡すと、彼女は不思議そうに眺め始めた。

「中には何も入っていませんね。裏に何かあるのでしょうか？」

そして彼女が『神コップ』を逆《さか》さにした時――

ザバーーーーーーッ。

「きゃあっ！」

「うわっ」

「シアン坊《ぼっ》ちゃま！」

「ぎゃわんっ‼」

突如《とつじょ》として『神コップ』から水が流れ出し、下で様子を見ていたシーヴァを直撃した。

傾《かたむ》けると水が出てくる――それは僕が【コップ】を使って水を出すのと同じような現象だった。

「あああっ、ごめんね、シーヴァちゃん」

バタラは、ぶるぶるぶるっと水を飛ばすシーヴァの横にしゃがみ込んで謝っている。

僕は今思ったことにもしやと思い、彼女に声をかけた。

「バタラ、もう一度だ」

「えっ？」

「もう一度そのコップを傾けてみてくれないか？」

バタラは僕を見上げて、きょとんとした。

「またシーヴァちゃんに水をかけるんですか？」

『お主、海より心の広い我《われ》でも、わざとぶっかけられたらさすがに許さぬぞ。といっても海なんて見たこともないのじゃがな』

そうか。

シーヴァは海を見たことがないのか。

いや、今はそんなことよりも『神コップ』だ。

「違う違う。シーヴァはどうでもいい」

「わふっ‼」

『どうでもいいとはなんという言い草じゃ‼』

抗議《こうぎ》の念話を送ってくるシーヴァを無視し、僕はバタラの手に握《にぎ》られている『神コップ』を指さして言う。

「さっきのを見ただろ。その空《から》っぽの『神コップ』から、僕の【コップ】と同じように水が出たのを」

「そういえばそうでしたね。シーヴァちゃんにばかり気を取られちゃいました」

『我の愛らしさは世界一じゃから、それも仕方ないのう』

自慢げに水に濡れたままの胸を張るシーヴァは、相手にしないでおこう。

僕はバタラの手を取って立ち上がるのを手伝い、その手ごと『神コップ』を傾けさせた。

すると、先ほどと同じく水が流れたのだ。

「これって本当に――」

「ああ、僕の【コップ】と同じ力だ……けれど、その『神コップ』からは【水】しか出ないはず」

「そうなのですか?」

「ああ、たぶんだけどね」

そうじゃなければ、種別ごとの『神コップ』が作れることに説明がつかない。

「ちょっと貸してくれるかい?」

僕はバタラから『神コップ』を受け取ると、元の【コップ】の方を消してから『神コップ』のスキルボードを開くつもりで意識を向ける。

すると、小さなメッセージボードが目の前に浮かんだ。

どうやら『神コップ』のステータスみたいだが……

『神コップ　【水】　魔力　98』

魔力？

【コップ】のスキルボードにはなかった表示だ。

いや、もしかしたら隠《かく》れていて見えていないだけかもしれないが……まあ、そこは考慮《こうりょ》しなくてもいいか。

「ちょっと待てよ？　もしかして……」

独り言を呟き、僕は手に持った『神コップ』を傾けて、しばらく地面に水を流し続ける。

それからもう一度、同じように意識を『神コップ』に向け、ステータスを表示させた。

『神コップ　【水】　魔力　95』

やはり思った通りだ。水を出した分だけ、魔力が減っている。

『神コップ』は、中に貯められた魔力を使って、作製する時に選択した液体を生み出すことができる道具なのか。

これはかなり便利である。

たとえば、これを持ち運《はこ》べば狩《か》りに出る際に重い水樽《みずだる》を運ぶ必要がなくなる。

先日の狩りでは、ほぼ無限に水を出せる僕が同行したことで水樽を輸送しなくて済んだが、毎回付いていけるわけではない。

しかし、今後は『神コップ』を渡しておけば、僕がいなくとも水の心配がなくなる。もちろん、出せる水の量には限界があるが、役に立つことには違いない。

他にも【サボエール】や【砂糖水飴】の『神コップ』だって、作製してドワーフたちやタージェルに渡せば喜ぶだろう。交易もこれだけでこと足りるかもしれない。

『幸福ポイント』との費用対効果も考えなければならないが、できることが一気に増えたのには間違いないな。

「これは凄《すご》い能力だよ、バタラ」

「そうなんですか?」

「ああ、【コップ】の力を誰でも使えるようになるんだからね」

ただ、気になるのは魔力という値《あたい》だ。

『神コップ』から水を出すと、魔力が減ることは判明した。おそらく、ゼロになれば水は出なくなるだろう。

「問題は、『神コップ』に魔力を補充《ほじゅう》して再利用が可能なのかどうかだな」

「魔力……ですか？」

「ああ、この『神コップ』にはどうやら元から魔力が込められていて、それがなくなると水が出なくなってしまうみたいなんだ」

『神コップ』の作製には、少なくない量の『幸福ポイント』が必要になる。

仮に魔力を補充できない場合は使い捨てということになるが、それだとさすがにコストが高すぎる。誰でも使えるという利点はあるが、毎回『幸福ポイント』を大量消費すると考えると、安々と使うこともできない。

それに、結構魔力の値が減るのも速い。

先ほど傾けた時に流れた水の量と魔力の減り具合から予想すると、たぶん樽二つくらいの水を出したら空《から》になって使えなくなりそうだ。

他にも、【水】以外の液体は消費魔力量がもっと多い可能性もある。それを調べるためには他の『神コップ』を作成しないといけないが、今はポイントが足りないので確認できない。

とりあえず、『神コップ』から出せるのは樽二つくらいだろうとバタラに伝えたら、こう言われた。

「でも、それだけあれば十分なのではないでしょうか？」

「確かにそうかもしれないけど。どうしても自分の【コップ】基準で考えてしまうんだよな」

「どちらもシアン様の素晴らしいお力ですよ」

バタラはキラキラした目で僕を見つめた。

僕は彼女の純粋な瞳《ひとみ》から視線を背けて呟く。

「僕の力というより、女神様の力なんだけどね。僕自身はそれを利用させてもらっているだけに過ぎないよ」

「でも、それを活用して私たちを幸せにしてくれているのは、シアン様ですから」

バタラはそう言い、ぎゅっと両手で僕の手を握ってきた。

彼女の手のぬくもりに、僕はかなり焦《あせ》ってしまう。

「わ、わかったから手を放してくれないか。ラファムがニヤニヤしながらこっちを見てるからっ」

「坊ちゃまも大人《おとな》になられて……よよよ」

「ラファム！　嘘泣《うそな》きをするんじゃない！」

『やれやれ、若いのう』

「と、とにかくだっ」

僕はバタラの手をほどき、数歩後ろに下がって『神コップ』を両手で握る。

「今から大事な実験をするから、少し離《はな》れていてほしい」

「坊ちゃま、お顔が真《ま》っ赤《か》ですよ」

「ラファム、うるさいっ」

僕はしばらくの間深呼吸をして心を落ち着けてから、『神コップ』に意識を集中して、魔力を流し込むイメージをする。

すると、手のひらからゆっくりと『神コップ』に僕の魔力が流れていく。

魔力は目には見えないが、その流れは感じることができるのだ。

そして魔力をある程度流してから、確認のためにステータスを表示させる。

「やった！　成功だ」

画面を見て、僕は思わずガッツポーズをしてしまった。

僕の喜びようを見て、ラファムとバタラが目を丸くする。

「坊ちゃま？」

「ど、どうしたんですか？」

「成功したんだよ。『神コップ』への魔力の補充が！」

『神コップ【水】　魔力　１００』

メッセージボードには、その文字が燦然《さんぜん》と輝いている。

どうやら100が上限で、それ以上は補充できないようだ。

これで『神コップ』への魔力の補充は可能であると判明し、同時に使い捨てではないことが確定した。

となると、他の『神コップ』の作製も視野に入れなければならない。

たとえば【砂糖水飴】や【水肥料】なんかはほぼ毎日使うものなので、『神コップ』があれば何かと便利になるだろう。サイズが小さいから、持ち運びしやすいのもいい。

何より魔力さえ補充すれば、僕が出向かなくてよくなるのは最大の利点だ。

そんなことを考えていると、休憩室の外から執事《しつじ》のバトレルの声が聞こえた。

「坊ちゃま。そろそろ収穫祭にお出かけする時間でございますが、準備はよろしいでしょうか？」

いつの間にか、収穫祭に行く時刻になっていたらしい。

「ああ、すぐに行くよ」

バトレルにそう答えて、僕はバタラとラファムの方を向いて言った。

「さてと、バタラ、ラファム。二人とも準備はいいかい？」

「私もですか？」

ラファムが驚きの声を上げる。

彼女は僕がバタラと二人きりで収穫祭に向かうのだと思っていたようだ。

護衛《ごえい》として後ろからこっそり付いてくるつもりだったのだろうが、そんなのはつまらない。

僕はバタラとラファムの目を交互に見ながら口を開く。

「もちろんさ。ただし……」

僕は少し意地悪な笑《え》みを浮かべ……

「二人とも、今回は前みたいに酔《よ》っ払《ぱら》わないでくれよ」

そう口にしたのだった。

◇　◇　◇

収穫祭は大いに盛《も》り上がった。今回の狩りでは前回よりたくさんの獲物《えもの》が手に入り、その分規模《きぼ》が大きくなったのだ。

また、今回の祭では、目玉企画として酒の飲み比べ大会が行われた。そこでは優勝候補《こうほ》と目《もく》されていた大工の家臣、ルゴスが飛び入り参加の町人に負けるという大番狂わせが起こったのだとか。かなりの名勝負だったらしく、翌日になっても町中がその話題で持ちきりだった。

その頃、僕はバタラと屋台巡《めぐ》りをしていたので、勝負の様子を見ることはできなかったのが今となっては少し悔《く》やまれる。

しかし、酒豪《しゅごう》のルゴスを負かす人物がいるとは驚きだ。

その話を聞いた時は、世の中にはとんでもない逸材《いつざい》がいるのだなと感心したが、よく考えれば大酒飲みの才能なんてなんの役に立つのかわからない。

さて、収穫祭から一夜明けた今日、僕は領主館の前でシーヴァと一緒にのんびりと過ごしていた。

シーヴァは昨日の収穫祭を犬らしく楽しんだあと、棲《す》み処《か》の遺跡に帰るのかと思ったら、そのまま領主館に付いてきて夜を過ごした。今日も帰ろうとしないところを見ると、しばらく居座《いすわ》るつもりのようだ。

「シーヴァ、帰らなくていいのか？　遺跡の管理とかがあるんじゃ……」

隣《となり》でお座りしているシーヴァにそう聞くと、尻尾《しっぽ》を振りながら念話で返答する。

『ま、当分は放っておいても大丈夫じゃ。我はもう少しこの町にいることにする』

当分とはどれくらいだろうか。

気になったが、遺跡の製作者自身が大丈夫だと言うのだから大丈夫なのだろう。

だが、あまり楽観視《らっかんし》するのもよくない。

もしシーヴァが遺跡を留守《るす》にしたことで何かトラブルが発生したら、その時にはきちんと責任を取ってもらおう。

僕は「何かあったら責任は取ってもらうからな」と告《つ》げ、【コップ】のスキルボードを表示する。

【水】の『神コップ』を作製したことで減った『幸福ポイント』は、今は1321ポイントにまで増えていた。

収穫祭が盛り上がった結果と考えてよさそうだ。

領民たちが幸福を感じれば感じるほどポイントが加算されていく仕組みは、ある意味ではわかりやすい。

これからも領民を笑顔にできるように、領主として頑張《がんば》らねばと改めて決意した。

その時、隣で暇《ひま》そうにしていたシーヴァが話しかけてきた。

『ところで、さっきからずっと気になっていたのじゃが、あの者たちは何を運んでおるんじゃ？』

「ああ、あれは魔獣の血だよ」

僕たちの立っている前方では、護衛のロハゴスや町の男衆が大きな樽を軽々と持ち上げて領主館に運んでいた。中には先ほどシーヴァに言った通り、魔獣の血が詰《つ》められている。

今回の狩りでは、魔獣の血をできるだけ持ち帰ってほしいと頼《たの》んでおいた。魔獣の血は、僕の【コップ】では複製できず、なおかつ魔力回復ポーションの素材となるためだ。

収穫祭で振る舞われた分を除《のぞ》いて僕が全て買い取ったので、町の人たちは収入が増えたと喜んでいた。

魔力回復ポーションはデゼルトの町の未来を担《にな》う交易品であり、この先領地を発展させていくための資金源でもある。それが大量に手に入ることは、僕にとっても喜ばしい。

ちなみに、予算はタージェルを通した交易のおかげでそれなりに余裕があったので、少し多めに資金を出した。

これは感謝の気持ちという意味もあるが、町で出回る貨幣《かへい》の量を増やして流通を活発にさせようという狙《ねら》いもある。町が豊かになれば、訪れる行商人の数も増えるはず。ゆくゆくは、人も物資も多く集まるようにしたい。

人が増えれば問題となるのは食糧事情だ。

デゼルトの町や僕が領主を任《まか》されているエリモス領は砂漠《さばく》地帯のため、食べ物が少ない。

基本的に保存の利《き》く魔獣の肉で食いつないでいるが、野菜に関しては、作物が育たず貴重《きちょう》なため配給制度が取られているほどである。

ただ、その問題も解決の見込みはある。メディア先生が開発した魔肥料《まひりょう》を使えば作物の成長スピードが速まるので、近いうちに食糧事情は改善されると思っている。

「そういえば、魔獣の肉が腐《くさ》りにくいのはなぜなんだろう」

僕が呟くと、シーヴァがそれを聞いて答える。

『それは、魔獣の肉に強い魔力が残っておるからじゃのう』

「魔力？」

『うむ。今日の我は気分がよいから、詳しく説明してやってもよいぞ』

「ありがたいけど、上から目線なのが気になるな……ところで、どうして気分がいいんだ？」

『お主とこうしてだらだら過ごす前、我は町を散歩していたんじゃが……そこで凄《すさ》まじいナデナデの腕を持つ者と出会ってな』

ナデナデの腕というのはよくわからないが、ようするにその人に撫《な》でられて気持ちがよかったということか？　そう聞くと本当の犬みたいだな。

「それって誰なの？」

『名前はわからんが……ほれ、ドワーフ共が泊まっている建物に住んでおる十歳ほどの娘がいるじゃろ』

「ああ、宿屋のベルジュちゃんか」

今はほとんど外部との交流がなくなったデゼルトの町にも、一軒《いっけん》だけ宿屋が存在する。

聞いたところによればその歴史はかなり古く、この町に王国の大渓谷《だいけいこく》開発部隊がやってくる以前から営業している老舗《しにせ》なのだそうだ。

ただ、ここ何年かは宿屋に泊まるのはタージェルとその家族くらいで、日頃ベルジュちゃんの両親は他の町の人たちと同じように痩《や》せた土地で畑を耕《たがや》したり、食糧の保存や加工をしたりしているのだとか。

ベルジュちゃんの仕事は、両親が働きに出ている間、宿屋にいつお客が来てもいいように掃除をすることだと聞いている。

『そうじゃ。最近はドワーフ共が宿を取っているおかげで手伝いが忙しいと言っておったな』

「あの子は働き者だってバタラも言ってたからね。シーヴァも迷惑《めいわく》かけないようにしときなよ」

『それはわかってはいるのじゃが、あの子のナデナデはこの町で一番見事でな。何回も通ってしまうかもしれん……ところでお主、いつの間に我を呼び捨てにするようになったのじゃ？』

ああ、最初に魔獣の姿で会った時は「シーヴァ様」なんて呼んでいたっけ。

その時のことを懐《なつ》かしく思いながら、僕は答える。

「バタラたちにナデナデされて、恍惚《こうこつ》とした表情で尻尾を猛烈《もうれつ》に振っている姿を見てからかな」

『……本能には逆《さか》らえんのじゃ。まぁ、それはそうと話を戻すが、お主は魔力をどんなものだと理解しておるのじゃ？』

魔力か。

「人間の貴族と魔獣、あとはドワーフやエルフといった亜人種《あじん》が持つ、魔法や魔力を必要とする神具を使うための力……だよね？」

『ふむ。お主の認識はかなり間違っておるぞ』

「そうなの？　一応今までいろんな本や先生から学んできた知識なんだけど」

『まず一番大きな間違いを訂正《ていせい》しておくと、魔力自体はどんな人族も持っておる』

「えっ！」

僕が今まで教わってきた話では、貴族以外の平民には魔力がない。

だから女神様の力が使えないのだと聞いていた。

女神様の力を授かるための成人の儀《ぎ》が貴族階級にしか行われないのは、平民が行っても何も起こらず、むしろ女神様の怒りを買う結果になると言われているからだ。

けれどこの町にやってきてから、僕がこれまで習ってきたことには嘘や偽《いつわ》りが多くあると気づかされた。

魔力に関することもそれらと同様、何者かによって作られた嘘だというのか……

シーヴァは説明を続ける。

『この町の住民も、お主の配下も、皆平等に魔力を持っておる。まぁ、お主はその中でも飛び抜けておるがの』

「僕はずっと魔力量を上げる訓練を独自《どくじ》にしてきたからね」

『ほほう。どのような訓練かは知らぬが、一体どこでそんな知恵を得たのじゃ？』

「小さい頃に偶然《ぐうぜん》出会った不思議な人に教えてもらったんだよ」

僕は今も世界のどこかを放浪《ほうろう》しているであろう、その人のことを思い浮かべた。

結局最後まで名前も教えてもらえなかったが、幼かった僕はその人を『師匠《ししょう》』と呼んで慕《した》っていたものだ。

師匠は、貴族社会の常識しか知らなかった僕に様々なことを教えてくれた。

父や兄姉が師匠と会っていたら顔をしかめたかもしれないが、僕は師匠の話を聞くのが一番好きだった。

今、僕がエリモス領の領主としてなんとかやっていけているのは、師匠から学んだ知識のおかげだろう。

魔力量を増やすための訓練方法は、師匠から教わったことの一つだ。

魔力を空《から》になるギリギリまで使うというシンプルな方法であったが、これが何より効果的だった。

そのおかげで、僕は貴族の中でもトップクラスの魔力量を誇《ほこ》るまでになっていた。

魔力切れを起こした場合のリスクについても、もちろん師匠は教えてくれている。

それは魔力が空《から》になってしまうと、最悪は死に至《いた》るという恐ろしいものだった。だからくれぐれも気をつけるようにと言われていた。

それなのに、僕はエリモス領に赴任《ふにん》した初日に魔力切れを起こして死にかけてしまった。

師匠が知ったら、きっと怒るだろう。

もう二度と会うこともないかもしれないけれど。

そんな話をすると、シーヴァが僕を見上げて尋ねてきた。

『なるほど。その者は、魔力は誰もが持つ平等な力だとは言っておらんかったのか？』

「どうだったろう……そういう話はあまりしなかったかもしれない。ただ――」

僕は秘密の抜け道を使って庭に入り込み、屋敷の物置小屋でひっそりと暮《く》らしていた師匠の言葉を思い出しながら続ける。

「確か『貴族と平民に違いなどない。いつか君がそれを真に理解した時、民は君の味方になるだろう』って言ってたっけ。それなら、魔力の有無にも違いはないってことかな？」

『ふむ。回りくどい言い方をする男じゃのう』

「男？　いや、師匠はとても綺麗《きれい》な女性だったよ」

いつも目深《まぶか》にフードをかぶっていたせいではっきりと見ることはなかったが、垣間《かいま》見える部分だけでもかなり整《ととの》った顔をしていた女性だった。

年齢はあまりはっきりしないが、当時の母より若く見えたのは覚えている。

それを聞いて、シーヴァはニヤニヤとした調子で言う。

『ほほう。その師匠とやらがお主の初恋相手というわけなのじゃな』

「どうなんだろうね……あまりに子供すぎてよくわからなかったな。でも今思えば、好きだったのかもしれない」

幼心《おさなごころ》に、あの頃の僕は師匠に認められようと必死だったと思う。

そのおかげで僕は、鬼のような英才教育も乗り越えることができたのだ。

「っと、そんな昔のことよりも」

このままではどんどん話がそれていきそうだったので、僕は無理やり本題に戻した。

「普通の人々にも魔力はあるって話を、もう少し詳しく教えてくれないか？」

『ふむ。そもそもこの世界の生き物は全て魔力を持っている。なぜなら魔力を生命活動に利用しておるからじゃ』

「そんな話は初めて聞いたよ」

僕が今まで読んできた本には、シーヴァが語ったような内容は書かれていなかった。

『じゃからあまりに一気に魔力を使うと、生命活動を維持できなくなって死んでしまう』

僕はその言葉に、思わず苦笑《にがわら》いしてしまう。

「なるほど、魔力が枯渇《こかつ》すると倒れるのはそういう理由だったのか。確かに、もう二回くらい魔力切れで死にかけたよ」

『なんと、二回も魔力切れを起こしたくせに、随分《ずいぶん》と健康そうじゃの……ふむ、女神の加《か》護《ご》のおかげか』

「加護か。貴族は成人の儀の時に魔法とか神具とか、何かしらの力を授かるんだ。僕の場合は【コップ】だったけど、それが守ってくれたということかな」

『ふむ、まぁよい』

それからシーヴァは魔力について、僕が知らなかった色々なことを教えてくれた。

この世界には、目に見えない魔素《まそ》という魔力の素《もと》になる物質がそこら中にあるらしい。

生き物は魔素を体内に取り込んで魔力に変換し、体に貯めることができる。

そしてその魔力を全身に巡らせることで、生命活動を行っているのだそうだ。

『魔力というのは、言うなれば命の塊《かたまり》じゃな。魔獣は魔力を豊富に持っておるから、解体されたあとも肉にはしばらく魔力が残り続ける。それが完全に失われるまでは新鮮《しんせん》であり続けるから、腐らないというわけじゃ』

「なるほど……」

デゼルトの町の人たちは、魔獣の肉を主食にしている。

それだけだと栄養失調《しっちょう》に陥《おちい》らないかと思ったものだが、みんなが健康でいられるのは魔獣の肉を食べることで体内に魔力を取り込んでいたからかもしれない。

「もしかしたら、この町が今もあるのはシーヴァのおかげなのかもな」

シーヴァが町の近くに遺跡を造《つく》ったおかげで、そこに魔獣が発生して、この町の人々は日々の糧《かて》を得られた。

『なんじゃ。褒《ほ》めても何も出んぞ』

「いや、素直にシーヴァは凄いなって思っただけだよ」

『ふむ。やっとお主にも我の凄さがわかったか』

シーヴァは嬉《うれ》しそうに尻尾を振りながら、得意満面に鼻を鳴らした。

『それではお主にもう一つ面白い話をしてやろう。この町のところどころにある女神の像と魔力についての話じゃ』

そこで言葉を切ったあと、少し間を置いてからシーヴァは語りだす。

『人々はなぜ神を模《も》した像に祈るのかわかるか？　いや、逆じゃな。神はなぜ自分を模した像を作らせ、それに祈りを捧《ささ》げさせるのか、じゃ』

◇　◇　◇

シーヴァから女神様の像に関する興味深い話を聞いた数日後。

僕は領主館の中にある医務室に来ていた。

この部屋の主であるメディア先生は、基本的に地下の研究部屋にいるか試験農園に出かけているので、ほとんど留守にしている。

特に最近は魔獣の血によって育った魔植物と共に、試験農園を整備《せいび》することにご執心《しゅうしん》だ。

どうやら彼女にとって魔肥料という研究素材はかなり魅力的《みりょくてき》なようで、買い取った魔獣の血のほとんどはメディア先生が実験用に使っているほどである。

しかし、エリモス領に来るまでは外へ散歩に出ることすら嫌がっていた彼女が、こうも変わるとは思わなかった。

以前は青白かったメディア先生の顔が今では血色よく見えるようになったのも、日の光を浴《あ》びるようになったおかげかもしれない。

そんな主がいない部屋の、複数あるベッドの一つからゴホゴホと咳《せ》き込む音が聞こえる。

僕はその人物のお見舞いに来たのだ。

「体の調子はどうかな？」

ベッドを覗き込み、額《ひたい》を水で濡らしたタオルで冷やして横になっている彼女にそう声をかける。

「ごほっ……随分と楽にはなったのですが、まだ……ごほっ……咳《せき》が止まらなくて」

トレードマークの眼鏡を外《はず》し、苦しそうに返事をする彼女の名はエンティア。

僕の専属教師である。

「せっかく魔獣の調査に……ごほっ……行けると聞いて色々用意していたのに……」

「きちんと寝もせずにそんなことをしていたせいで、風邪《かぜ》を引いたんじゃないか？」

エンティア先生は、先日領民たちの狩りに同行し、遺跡で魔獣の生態を調査する予定

だったが、当日になって体調を崩《くず》し、今も治《なお》っていない。

はしゃぎすぎて風邪を引くなんて子供みたいだ、とも思ったが、口にするのはやめておいた。

僕は額のタオルを手に取って水の入った桶《おけ》に浸《つ》け、よく絞《しぼ》ってから再び彼女の頭に載《の》せる。

「とにかく、今は安静にしないと。遺跡は逃げないんだから、また今度行こう」

「無念です……ごほっ……」

「あっ、そういえばエンティア先生にお土産《みやげ》があるんだった」

「お土産？　一体なんの……ごほっ」

僕は持ってきていたバッグから数冊のノートを取り出す。

これは、僕とバタラが協力して作り上げた魔獣に関する資料だ。

「そのノートは？」

「僕が遺跡で見た魔獣の特徴《とくちょう》を、覚えている範囲でまとめたんだ。わかりやすいように絵もつけたけど、それはバタラが描《えが》いたものだ」

エンティア先生は上体を起こし、僕の手からノートを受け取ってパラパラとめくる。

「素晴らしい……ごほっ……とても詳細に描かれていますね。この絵をバタラ嬢《じょう》が？」

「僕も最初見た時は驚いたよ。バタラってとても絵が上手なんだよな」

「これなら十分に魔獣の特徴や姿形がわかりますね……ごほっ……見事に特徴を掴んでいる、素晴らしい絵です」

エンティア先生は青い顔ながら、にっこりと微笑む。

実は最初、魔獣の絵も僕が描こうとしたんけど、完成した絵があまりに酷《ひど》すぎると家臣のみんなに言われて、泣く泣くボツになったのだ。

バタラにも見せたら、彼女は優《やさ》しく微笑みながら僕の絵を「芸術的」と言ってくれた。だが、近くにいたラファムが小さな声で『坊ちゃまの絵の才能は昔からまったく進歩してませんね』と呟いていたことは忘れない。

そんなことを思っていると、エンティア先生がページをめくっていた手を止めた。

「おや、このページの禍々《まがまが》しい魔獣の絵だけ、タッチが違いますね。非現実的な形をしていますが、これは一体なんでしょうか？」

そう言ってこちらに見せてきたのは、せめてもの抵抗にと僕がこっそり描いておいた魔獣の絵だった。

「それは無視してくれ」

僕が言うと、エンティア先生はハッとした顔になる。

「あっ、もしかしてこれは……わかりました……ごほっ……シアン様、ありがとうございます」

色々と察したらしい。

僕は微妙《びみょう》な空気を払うように咳払《せきばら》いをすると、「もう一つお土産があるんだけど」とその場にしゃがみ込む。

そして病室に連《つ》れてきていたそれを持ち上げ、エンティア先生に紹介する。

「まったくそうは見えないだろうけど、これがあの遺跡を作った大魔獣。名前はシーヴァって言うんだ」

「まあ、この犬が魔獣？　ただの動物にしか見えませんが……ごほっ……もしや、何かの冗談《じょうだん》ですか？」

エンティア先生はベッド脇《わき》に置いていた眼鏡をかけ直し、シーヴァに顔を近づける。

「やっぱり、どう見てもただの犬にしか思えないのですが」

「やっぱりそう思うよね。僕もこれを最初に見た時は信じられなかったよ」

『我のことをこれ呼ばわりとは失敬《しっけい》な。我《わ》が本気を出せば、この町など一瞬で消し飛ばせるのじゃぞ』

少し不満そうに念話を飛ばすシーヴァ。

念話はエンティア先生にも飛ばしていたらしく、彼女は突然脳内に聞こえた言葉に驚きの表情で固まっている。

シーヴァはエンティア先生に向けて、片方の前足を顔の横くらいまで上げて挨拶《あいさつ》する。

『我が熱砂《ねっさ》の大魔獣、シーヴァ様じゃ。恐怖のあまり口も利けぬようじゃな。まぁ、我という魔獣の王を目の前にしては致《いた》し方あるまい』

なんだか大層な肩書きが増えているが、見た目が本来の姿からとんでもなくパワーダウンしているために、虚勢《きょせい》を張る子供の戯言《ざれごと》に聞こえてしまう。

「直接脳内に声が……ごほっ……まさかこれもシアン様のいたずらではないでしょうね？」

にわかには信じられないらしく、エンティア先生は戸惑《とまど》いつつ僕に問いかけてきた。

彼女の気持ちもよくわかる。

今のシーヴァはどう見ても普通の犬にしか見えないのだから。

僕だって、実際にシーヴァがあの凶悪《きょうあく》な姿からこの姿に変身したのを見ていなければ、信じられなかっただろう。

信じてもらうにはどうすればいいかと考え、僕はシーヴァにお願いをすることにした。

「シーヴァ、少し魔獣らしいところを見せてやってくれないか？」

『ん？　この屋敷を一瞬で破壊《はかい》すればいいということかの』

「そんなことしたら討伐《とうばつ》するよ」

『お主、ダンジョン最下層であれだけ我を守るとか言ったくせに、なんということを言うのじゃ。それに我を討伐するじゃと？　お主らでは永遠に無理なことじゃわい』

「だったら町の人たちに、シーヴァへのモフり禁止令を出そうかな」

『なんじゃと⁉　それだけは……それだけは勘弁《かんべん》してくれなのじゃ。我はもうナデナデなしの生活は想像できんのじゃ』

「それじゃあ常識的な範囲内で力を見せてあげてくれるね」

『ぐぬぬ。わかったのじゃ』

ぶつくさと言いながらも、シーヴァは『それでは普通の獣《けもの》にはできないことをしてやるわい』と、空中にふわりと浮かんで部屋中を飛び回り始める。

途中で無駄に体をうねらせたり空中で一回転したりと、文句を言っていた割にサービス満点である。

「た、確かにこれは普通ではないですね……ごほっ……では本当にこの犬が？」

『犬ではない。我は熱砂の支配者であり、最強大魔獣のシーヴァ様じゃ』

また肩書きが微妙に変わっている。

ツッコまずにスルーして、僕はエンティア先生に声をかける。

「そのノートとシーヴァを置いていくから、ゆっくりと休んでいてね、先生」

「ありがとうございます、シアン様。全快した暁《あかつき》にはお礼としてみっちりと魔獣についての講義を……ごほっ……」

「いや、それは遠慮《えんりょ》させてもらうよ。それじゃ、お大事に」

そう言って部屋を出ていこうとした僕の背中に、シーヴァの声がかかる。

『おいシアン。約束を忘れるでないぞ』

「わかってるって。ちゃんとおやつの時間にはポーヴァルに新作お菓子を用意しておいてもらうからさ」

『忘れてなければいい。期待しておるぞ』

短い付き合いだが、シーヴァはポーヴァルが作った料理――特にお菓子がかなりのお気に入りらしい。

そういえば、遺跡からシーヴァを連れて帰ってくる途中でも、おやつ用にと持っていったお菓子を半分以上食べられてしまったっけ。

自分のダンジョンを一時的に放置してまで僕たちに付いてきたのは、女性陣にちやほやされたのが嬉しかったのもあるだろうが、ポーヴァルのお菓子が気に入ったのもあるのではないかと僕は思っていた。

そこで、エンティア先生のもとにシーヴァを連れていく際、見返りとして新作お菓子を提供すると提案してみたら、あっさりと取引は成立したのである。

「さて、まずは厨房《ちゅうぼう》に寄ってポーヴァルにシーヴァのおやつ作りを頼んでから、ルゴスにアレの制作を頼みに行かなくちゃな」

僕はこれからの予定を頭の中で反芻《はんすう》しながら医務室をあとにした。

――数時間後、僕は命からがらといった様子で戻ってきたシーヴァから『あいつと二人きりはもう絶対に嫌じゃ！　解剖《かいぼう》されそうになったぞ』との苦情《くじょう》を受けたので、謝っておいた。

◇　◇　◇

「坊ちゃん。俺がなんでも作れると思ったら大きな間違いですからね」

ルゴスが無精髭《ぶしょうひげ》を撫でながらそんなことを言ってくる。

彼が見ているのは、少し前に僕が描いた女神様の絵だ。

その絵は僕が神託の折に見た女神様の姿を思い出しながら描いたもので、我ながらよく描けていると思うのだけれど、どうやらルゴスにはそう見えないらしい。

僕はその絵を指さしながら説明する。

「このシュッとした感じの顎《あご》とか、慎《つつ》ましやかな胸のラインとか、わかるでしょ？」

「わっかんねぇなぁ。大体俺には……前衛芸術《ぜんえい》？　ってやつは理解できねぇんでさぁ」

「前衛芸術……」

首を傾《かし》げながら言い放つルゴスに、僕は少なからずショックを受けた。

ルゴスは絵から目を離し、困ったように言葉を続ける。

「王都にあった女神像の複製じゃいけねぇんですかい？　あれなら何度も見てるし、俺にもすぐに作れると思うんですがね」

「あれはだめだよ。だって女神様本人と似ても似つかない姿だもの。僕が作ってほしいのは本物の女神像なんだ」

「本物ねぇ」

女神信仰が盛《さか》んな我が国では、そこら中に女神様の像が建《た》てられている。

しかし僕の知る限り、本物の女神様の姿を模した像は、貴族関係者以外は立ち入りを禁じられている成人の儀の間にあるものだけだった。

それ以外は全て『偽物《にせもの》の女神像』で、女神様とは似ても似つかない像がそこら中に建てられているのである。

つまり、本物の女神様の姿を知る者は、成人の儀を行えるごく一部の階級にしかいないということだ。

なぜそんなことになっているのかは、僕にはわからない。

だけどこれから僕が試そうとしていることには、成人の儀の間にあったのと同じ本物の女神像が必要だという、確信めいた予感があった。

「そういや坊ちゃんは、女神様に会ったことがあるんでしたね」

「ああ。今まで二度かな」

どちらも、魔力切れを起こして死にかけた時だ。

おそらくだが、女神様と会うためには生死の境《さかい》をさまよわないといけないのだろう。

魔力切れをわざと起こすことは簡単だ。

だが、さすがに命をかけてまで試す気にはなれない。

その後もしばらくルゴスと問答《もんどう》を続けたが、結局この絵を元にしても僕が望むような女神像は作れないと却下《きゃっか》されてしまった。

がっかりしたが、これればかりは仕方ない。

今日は諦《あきら》め、とりあえず日課であるオアシスの泉への注水作業に出かけることにした。

領主館を出てとぼとぼと泉へ続く坂を下りていくと、そこにはいつもの少女が待っていてくれた。

「あっ、シアン様！」

「バタラか。今日の仕事はもう終わったのかい？」

「はい。朝から頑張って終わらせました」

バタラはそう言いながら、きょろきょろと僕の足下を見回す。

「ああ、シーヴァならいないよ」

今頃は、エンティア先生と魔獣談義《だんぎ》を繰《く》り広げているだろう。

シーヴァは結構お喋《しゃべ》りだからな。意外と盛り上がっていたりして。

少し残念そうな表情を浮かべたバタラの顔を見て、僕は今朝《けさ》のエンティア先生との会話を思い出す。

「あっ、そういえばバタラが描いてくれた魔獣に関するノートなんだけど、エンティア先生に渡してきたよ」

「ど、どうでしたでしょうか？　あんな絵でも問題ありませんでしたか？　なるべくわかりやすく描いたつもりですけど」

「謙遜《けんそん》しないでくれ。エンティア先生も『素晴らしくわかりやすい絵だ』って喜んでたよ」

「よかったぁ。絵の描き方は昔、お父さんから教えてもらったんですけど、最近はなかなか描く機会もなくて久々でしたから」

バタラのお父さんか。

そういえば前に家を訪ねた時はお母さんしかいなかったな。

個人の家庭事情をあれこれ聞くのはよくないだろうし、質問はしないが……

その時、バタラが尋ねてくる。

「でも、本当によかったのですか？」

「何がだい？」

「あんな高級なノートと鉛筆《えんぴつ》をいただいてしまって」

ああ、そのことか。

先日、僕は彼女にバードドライ家から持ち出してきたノートと鉛筆をプレゼントしたのだ。

僕の代わりに魔獣の絵を描いてくれたお礼としてであり、他意はない。

確かにバタラの言う通り、貴族用だからノートと鉛筆といっても一般に出回っているものより高価ではある。

とはいえ余らせていたものだから、バタラが恐縮《きょうしゅく》する必要はない。

ちなみに、バードドライ家から持ってきたのは十数冊程度。

いずれ使い切ったら、買い足さないとな。

「大丈夫さ。うちにはまだ何冊かあるし、なくなったらタージェルに頼んで買ってきてもらえばいいだけだから」

バタラが遠慮してしまわないよう、僕は明るく言った。

「……わかりました。大事にしますね」

「大事にといっても、ノートや鉛筆は使わなきゃ意味がないからどんどん使ってほしい。それに、僕もバタラの絵をもっと見たいしね」

「私の絵を……ですか」

バタラはしばらく黙《だま》り込み、やがて意を決したように顔を上げると僕の手を取る。

「じゃ、じゃあ……もし今からお時間がありましたら、私の絵のモ……モデルになってもらえませんか⁉　ノートと鉛筆を今から持ってくるので！」

「え？　かまわないけど……僕なんかでいいの？」

「はいっ。むしろシアン様がいいんですっ！」

そう言ってぎゅっと手を握ってくる彼女の握力《あくりょく》はかなり強く、僕は少し驚いた。

もしかしたら、バタラは僕より力が強いのではなかろうか。

「わ、わかった。それじゃあ泉への注水が終わってからでいいかな？」

「もちろんです。じゃあ注ぎ終わったら、あそこのベンチで待っていてください」

バタラは泉の近くにあるベンチを指さした。

「あそこで描くの？」

「シアン様のお姿はオアシスの泉を背景に描くのが一番合ってると私は思うんです」

「そ、そうなのかな。よくわからないけど」

「それじゃあ私、急いでノートと鉛筆を持ってきますね」

元気よく走り去っていくバタラの背中を、僕は少し痛む手を振りながら見送る。

そして僕はコップを出現させ、泉の岸に向かった。

「さて。バタラが戻ってくるまで、今日も魔力切れを起こさない程度に頑張るぞ」

先ほどまでは落ち込んでいたけれど、不思議と今の僕は晴れやかな気分になっていたのだった。

◇　◇　◇

「も、もういいかな？」

「まだだめです。もう少しそのまま……あっ、顔も動かさないでください」

「モデルって結構大変だな。屋敷にいた頃に肖像画《しょうぞうが》を描いてもらったことがあったけど、その時も肩が凝ったのを思い出すよ」

僕は今バタラの絵のモデルとして、彼女に指示されたポーズを長時間にわたって維持していた。

ベンチに座って、立てた右膝《みぎひざ》に右肘で頬杖《ほおづえ》をつく。シンプルなポーズであったが、長時間維持するのはきつい。

「……」

バタラは僕のプレゼントしたノートと鉛筆を使い、少し描いては僕を見て、視線を戻してまた何かを描くということをかなりの時間繰り返している。

僕も疲れてきたが、彼女はもっと大変だろう。

僕のいる位置は日陰《ひかげ》なので、まだいい。

一方、バタラは日向《ひなた》に座り込んで描いている。褐色《かっしょく》の額からは滝《たき》のように汗が滴《したた》り落ち、地面に大きな染《し》みを作っていた。

いくら彼女がこの地の気候に慣れているとはいえ、さすがに限界も近いだろう。

集中力は途切《とぎ》れていないようだが、このままでは熱や脱水症状《だっすいしょうじょう》で倒れてしまうかもしれない。

「バタラ。そろそろ一度休憩を取ろう」

「……もう少しだけ」

「いや、これ以上無茶したら絵を描くどころじゃなくなるよ」

僕はバタラの返答に首を横に振って立ち上がり、彼女のそばに歩み寄ってその手を取る。

そしてそのまま、日陰のベンチへ連れていって座らせた。

僕はスキルボードからラファムの淹《い》れたものを複製した【紅茶】を選択し、【コップ】の中を満たして彼女の正面《しょうめん》に差し出す。

「とりあえず飲んで」

本当は【水】の方がいいのかもしれないが、ラファムの紅茶には疲労を回復させる様々な成分が含まれている。

そのため、今のバタラにはこちらの方がいいと判断して【紅茶】を選択したのだ。

バタラは差し出された【コップ】を見て、オロオロとしだす。

「えっ、でも……直接口をつけてしまってもいいんでしょうか？」

「今日はティーカップを持ってきてないから、申し訳ないけど我慢《がまん》してほしい。それとも、やっぱり嫌かな？」

「嫌じゃありません！　で、ではいただきますっ」

がしっと、相変わらず強い力でバタラは僕の手ごと【コップ】を握った。

そのまま、ゆっくりと紅茶を飲む。

「はぁ、生き返りました」

「平気かい？」

「はい。知らないうちに私、かなり消耗《しょうもう》していたんですね……ありがとうございます」

バタラはそう言って、【コップ】から手を放して額の汗を拭《ぬぐ》う。

彼女の横に僕も座ると、今度は自分の口にコップを持っていく。

「じゃあ僕も一息入れさせてもらうよ」

「あっ」

バタラが僕の方を見て小さく声を上げた。

何かと思ってちらっと見たが、固まって何も言わなかったので、僕はそのままコップに口をつけ魔力を流し込み、一気に【紅茶】を飲み干《ほ》す。

自分の魔力で出したものを自分で飲むというのは不思議な気分だなと思っていると、バタラが顔を赤くして口をパクパクさせていた。

やはり、かなり体に熱が溜《た》まっていたのかもしれないな。

もう少し早く休憩を入れるべきだった。

今日はこの辺にして帰らせるべきだろうか。

僕はそう考えて彼女に声をかけた。

「どうしたんだい？　体調が悪いなら今日はもう解散して、また明日続きを――」

「い、いえ……私が飲んだあとなので……その、拭かなくてもよかったのかなって」

拭く？

何を？

「あっ」

僕はその時初めて気がついた。

「いや、わざとじゃないんだ。ごめん」

バタラが赤面《せきめん》した理由に今更《いまさら》思い至り、僕はドギマギしつつ視線をさまよわせ――

そして偶然、彼女が地面に置いたノートのページが目についた。

そこにはまだ描きかけではあるが、誰が見ても僕だとわかる、見事な人物画が描かれていた。

「見事だ……」

ついそんな感嘆《かんたん》の声を上げてしまったのも仕方ないと思う。

それくらい彼女の描いた絵は素晴らしく、完成すれば今まで数々の絵師に描かれてきた僕の肖像画を遥《はる》かに上回《うわまわ》る出来になるのは間違いなかった。

ただ一つ気になることがあるとすれば、絵の中の僕が、僕本人よりもかなり素敵に描かれていることだ。

というか、さっきまでの僕ってこんなに憂《うれ》いを帯《お》びた表情をしていたのか？

確かに同じポーズをずっと続けているのは辛かったけど。

「あっ、まだ描きかけで恥《は》ずかしいので見ないでください！」

僕の視線に気がついたバタラが、慌ててノートを拾い上げて隠すように胸に抱《かか》え込む。

先ほどより顔が赤みを増し、恥ずかしがっているみたいだ。

僕からすればまったくもって恥ずかしがる出来ではなく、それどころか描きかけの今ですらそのまま領主館に飾《かざ》ってもいいと思える出来栄《できば》えだ。

「どうしてさ、そんなに素晴らしい絵なのに。もう少し見せてくれてもいいだろ？」

「だめです！　だめなんです！　まだこれはほんの下描きなのでっ」

「ほんの下描きだって？　もう既に相当細かく描き込んであったように見えたけど」

「そ、それが私の画風なので」

画風か。

僕も一度は使ってみたい言葉である。

前衛芸術というのが画風だと言われれば、ぐうの音《ね》も出ないが。

バタラは慌てた調子で言葉を続ける。

「と、とにかく完成したらシアン様に最初に見てもらいますから」

「ああ、楽しみにしておくよ」

「それじゃあ、またさっきと同じポーズに戻ってください！」

「ええっ、まだやるの⁉」

「はいっ、もう少しの辛抱《しんぼう》ですから」

そしてまた、バタラは元気に日向のポジションに戻っていったのだった。

◇　◇　◇

「今日はありがとうございました」

「気にしないでくれ。それよりも完成したら――」

「はい。最初にシアン様に見てもらいますね」

「かっこよく仕上げてよね」

「もちろんです。シアン様のかっこよさを表現するために、全身全霊を絵に注ぎ込みますから！」

時刻は夕暮れ。

バタラはスケッチが完成したらしいノートを大事そうに抱えながら、気合《きあ》いの入った表情で熱く語った。これから、家で更《さら》に詳細に描き込んでいくらしい。

休憩中に見た未完成の状態ですら、思わず感動するほどの出来だったのだ。

全身全霊をかけて仕上げられた絵は、一体どれほどのものになるのか想像がつかない。

今のうちにルゴスに頼んで、立派な額縁《がくぶち》を用意しておいてもらおうか。

「期待してるよ」

「任せてください」

そう答える彼女の額に汗が浮かんでいるのを見て、僕は拭いてあげようとポケットからハンカチを取り出した。

その時、ハンカチと一緒に何かが落ちる。

「あっ、何か落ちましたよ」

ハンカチ以外でポケットに何か入れてたかなと下を見て、僕は思い出す。

「そういえば入れっぱなしだったな」

地面に落としたのは、ルゴスに散々なことを言われた例の女神様の絵が描かれた紙きれだった。

僕は紙を拾い上げて開く。

バタラが横から僕の手元を覗き込んで、尋ねてきた。

「それは、シアン様が？」

「ああ、僕が描いた女神様の姿なんだけどね」

僕は紙を彼女に手渡し、今日バタラと会う前に何をしていたのかを語った。

ルゴスに女神様の像を作ってもらいたいと頼んだこと。

本物の女神様を見た僕が、設計図代わりにこの絵を描いたこと。

そしてそれを前衛芸術と評されたこと。

すると、バタラが急にわたわたとしだした。

「そ、そうですか。これ女神様だったんですね。あっ、もちろん私はすぐにわかりましたよ。でも、その、あまりに美しい絵だったので」

必死にフォローしてくれていることは、いくら僕でもわかる。

複雑《ふくざつ》な思いではあるが、それでも彼女の心遣《こころづか》い自体は嬉しい。

「わかってはいたんだ。僕に絵の才能はないってことはさ」

「そんなことないですよ」

じゃあなぜ目をそらしてるのかな？　とはあえて聞かない。

「なんというかね。僕は頭の中にあるイメージをうまく絵にできないんだよね。自分では完璧《かんぺき》なつもりなんだけど」

「頭の中にはちゃんとしたイメージはあるのですね？」

「まぁ、うん」

「ではその女神様のイメージを私に教えてくれませんか？　絵ではなく、言葉で」

「どうして？」

「シアン様の抱《いだ》いているイメージを私が聞いて、それを絵にするのはどうでしょうか」

「……そうか！」

その手があったか。

バタラの絵の腕が優《すぐ》れていることは今日で十分すぎるほどに証明されている。

もしかしなくても、僕が描くよりもちゃんとした女神様の絵が出来上がるに違いない。

「でも、話を聞いただけで人物の絵なんて描けるの？」

「少し難《むずか》しいですけど、たぶん大丈夫です。実は私、以前も同じような経験があるんですよ」

「そうなのかい？」

詳しく話を聞くと、かなり昔、この町にやってきたばかりの男が盗《ぬす》みを働いて逃げたことがあったらしい。

その時に彼女が、男を目撃した人たちの証言を元に人相書きを描いたそうな。

そして完成した絵を頼りに、見事男を捕《つか》まえられたのだとか。

男の顔が人相書きと瓜《うり》二つだったので、町の誰もが驚いたと、バタラは嬉しそうに語った。

凄すぎてちょっぴり物騒《ぶっそう》な話である気もするが、とにかく彼女の才能がとんでもないことはわかった。

「そうと決まれば善は急げだ。バタラ、明日の仕事の予定は？」

「私ですか？　午前中のうちには終わると思いますけど」

「それじゃあ仕事が終わったら領主館に来てくれないか？　そこで僕のイメージを絵にしてほしいんだ」

僕はそう告げて、また額に浮かんできたバタラの汗をハンカチで拭い、そっと彼女の手にそれを握らせる。

「えっ、シアン様……？」

「そのハンカチはバタラにあげるよ」

「で、でも、これってかなり高級品なのでは――」

ハンカチを返そうとする彼女を制止して、僕は口を開く。

「気にしなくてもいいよ。女神像を描いてもらうお礼だと思ってくれ」

「そんな。お礼だなんて、私……」

なおもハンカチを返そうとする彼女と押し問答を繰り返し、結局受け取ってもらえることになった。

すると、遠くに見える領主館の方から執事のバトレルがやってくるのが目に入る。

「おっと、迎《むか》えが来たみたいだ。それじゃ明日、仕事が終わったらよろしくね」

「わかりました。たぶん昼前くらいになると思います。ハンカチは家宝にして、大事に飾っておきますね」

「いや、飾らずに普通に使ってほしいんだけれども」

僕は苦笑いしつつ、明日バタラが来るまでに準備するものを考えながら、迎えに来たバトレルと共に領主館へ戻ったのだった。

◇　◇　◇

「もうちょっと顎はシュッとしていたかな」

「こうですか？」

「そう、そんな感じ。あと目はもう少し大きかった」

翌日の昼前から始めたバタラとの共同作業は、彼女の勘《かん》のよさにも助けられ、順調に進んでいた。

途中一緒に昼食をとりつつも、気がつけば既におやつの時間に差しかかる。

「坊ちゃま。バタラ様。お茶の用意ができました」

「ああ、もうそんな時間か。バタラ、少し休憩しよう」

「はい。シアン様」

机の上に置かれたノートには、ほとんど完成に近い女神様の姿が描かれており、あとは微調整《びちょうせい》をするばかりとなっていた。

僕が彼女の技能を褒めると……

「シアン様の指示が的確だからですよ」

と、逆に持ち上げられてしまった。

僕自身は記憶の中にある女神様の姿を、可能な限り正確に、と努《つと》めながら伝えただけだというのに。

領主館の作業場から応接室に移動すると、二人分のティーセットとお菓子が用意されていた。

僕らが席に座ると同時に、ラファムがティーカップにお茶を注いでくれる。

「ありがとう、ラファム」

部屋中に、爽《さわ》やかで少し甘酸《あまず》っぱい香りが広がっていく。

この香りの紅茶はラファムのレパートリーにはなかったはずだ。

そう思い、僕は彼女に尋ねる。

「もしかして、新作かい？」

「はい、坊ちゃま。農園で採《と》れた新鮮なストロの実を乾燥《かんそう》させたものを、茶葉にブレンドしてみたのですが、いかがでしょうか？」

新しい味の紅茶を出す時の彼女の顔はいつも、半分自信ありげで、半分は不安に揺《ゆ》れている。

「うん、とっても美味しいよ。絶妙《ぜつみょう》な酸味《さんみ》と甘い香りが心を癒《い》やしてくれる感じがする。僕は好きだな」

「ご満足いただけたようで、ほっといたしました」

「ラファムさん。私もこのお茶、凄く美味しいと思います。ストロの実からこんなお茶ができるなんて、まるで魔法みたい」

どうやらバタラも新しいお茶、名付けて『ストロティー』を気に入ったようだ。

酸味を苦手《にがて》とする人もいるけれど、今の僕と彼女にとっては疲れた頭へのいい刺激になった。

続いて、僕たちはお菓子に手をつける。

「こっちはポーヴァルの新作菓子だよね。これにもストロを使ってるのか」

「そうです。『ストロサンド』というもので、硬《かた》めに作ったストロのジャムをクラッカーで挟《はさ》んだものと聞いております」

「このジャム、とっても綺麗ですね」

二枚のクラッカーに挟まれたジャムは、赤いストロの実の色と同じでありながらも、ぷるぷるとしていて透明感《とうめいかん》がある。

ジャムというより、むしろゼリーという感じだ。

「それじゃ、いただきます」

「わ、私も」

サクッ。

指で軽くつまめる大きさの菓子を、まずは半分齧《かじ》ってみる。

クラッカーのサックリ感と、ストロジャムの弾力が歯を通して伝わってきた。

食感だけでも素晴らしいのに、更にクラッカーのほんのりとした塩味と、甘いストロジャムとの相性《あいしょう》が抜群《ばつぐん》にいい。

ジャムはお茶と比べて酸味がかなり抑えられており、ストロの酸《す》っぱさが苦手な人にも受け入れられそうだ。

「美味しいですっ」

「これは美味《うま》いな」

僕は残りを口の中に放り込むと、もう一枚へ手を伸《の》ばす。

貴族としてはしたない振る舞いなのはわかっているが、貴族社会から追放された今、変に格式張ったことにこだわる必要はないだろう。

そう思っているのは家臣たちも同様で、最低限のマナーさえ守れば、バトレルや他の家臣からお説教されることはない。

「坊ちゃま。お茶のお替わりは必要でございますか？」

「ああ、お願いするよ」

「私もお願いしていいですか？」

「もちろんです。バタラ様はいつだって大切なお客様ですからね」

ラファムはそう答えると、二人のティーカップにストロティーを注いでいく。

「お客様だなんて……」

「気にしないでください。たまにはメイドらしく振る舞わないと、作法《さほう》を忘れてしまいそうになりますから」

そう言って笑うラファム。

バタラもつられて笑っている。

彼女たちはとても仲がいい。

時々、町で一緒にいる姿を見かけることもあるんだよな。

「僕も社交界のマナーは随分と忘れているかもな。まぁ、この先使うことがあるかどうかもわからないけれど」

「そんなことを仰《おっしゃ》ると、バトレルとエンティアからお叱りを受けますよ、坊ちゃま」

「告げ口はしないでくれよ？」

「できる限り努力はいたします」

そんな軽口《かるくち》を叩いているうちにも、ストロサンドは皿の上からどんどんなくなっていく。

途中からは、自分はメイドだからと遠慮するラファムを無理やり巻き込んで、三人であっという間に全部食べ切ってしまった。

「美味しかったな」

「はい。とっても」

「それでは、お二方の感想をあとでポーヴァルに伝えておきますね」

「頼むよ」

僕は片付けをしているラファムに言って、椅子《いす》から立ち上がった。

「さて、それじゃあバタラにはこれから最後の仕上げをお願いしようか」

「はい、任せてください」

そうして僕らはもう一働きするために作業部屋に戻っていったのだった。

◇　◇　◇

「一つ聞いてもいいですか？」

おやつの時間から戻ってしばらく作業に没頭《ぼっとう》したあと。

最後の仕上げを終え、僕の知る女神様の姿とほぼ変わらない絵が出来上がった頃だった。

出来上がった絵の最終確認をしている僕に、バタラが声をかけてきた。

「嫌いな食べ物のことなら秘密だよ」

彼女の聞きたいことはわかっているが、ついはぐらかして反応を見たくなった。

少し意地悪だったかもしれないと思っていたら、バタラから意外な返答が来る。

「それなら前にラファムさんから聞いたので、知ってますよ」

「……そうなのか」

ラファムめ。

主人の個人情報を第三者に漏《も》らすとは、メイド失格だな。

「そんなことじゃなくて、女神様の絵のことです」

やはりバタラの質問は、僕の予想通りのものだった。

僕はラファムにどんな仕返しをしようかと考えつつ、バタラの言葉の続きを待つ。

「なぜシアン様は、本当の姿をした女神像を作ることにこだわるのですか?」

さて、彼女には今どこまで話していいのだろうか。

全ての生き物は魔力を持っていて、貴族だけが特別な存在ではないことは話しておくべきだろう。

どうせ彼女にはいずれ僕の計画を手伝ってもらうつもりなのだから、すぐに知ることになる。

「バタラは、魔力についてどんな風に理解しているのかな?」

「魔力ですか?　貴族様や亜人族の人々、それに魔獣が持つ不思議な力としか知りません」

「うん。この町のみんなの認識も同じだろうね」

それどころか、国中で聞いて回っても、ほとんど全ての人が魔力とはそういうものだと答えるに違いない。

もちろん、以前の僕もその一人だった。

シーヴァから本当のことを教えてもらうまでは、貴族以外の人間やただの獣には魔力はないと思い込んでいたのだ。

「でも、それは違う」

「えっ」

誰もがそうと信じている常識的な答えを、僕が否定するとは思わなかったのだろう。

彼女は少し間の抜けた表情を浮かべ、僕の顔を見る。

「魔力は全ての人の、いや、この世界の全ての生き物が持っているものなんだ」

「でも動物も私たち庶民《しょみん》も、貴族の方たちとは違って、魔法や神具のような女神様の加護を授かりませんよね」

「それには理由があると思うんだ。僕はね――」

　僕は一呼吸置いて、話を続ける。

「女神様の力を王族や貴族が独占《どくせん》するために、彼らが嘘の知識を民に植えつけたと考えている」

　今言ったことは、あくまでも僕の推測に過ぎない。

　だけど王族や貴族が一般国民相手に女神様の本当の姿を隠し、成人の儀を行わせない理由を考えると、そうとしか思えないのだ。

　成人の儀が行われる場にだけ、本物の女神様を模した像がある理由。

　それは、女神様から加護を授かるためには、本物の像に祈る必要があるからではないか。

　魔力は全ての生き物が持っていて、人間は女神様から加護を授かることで魔法や魔力を必要とする神具を使えるようになる。

　だとすると、町の人々が本物の像に祈ったら……？

　僕はニヤリと笑って、バタラに言う。

「だからね、僕は国が見捨てたこの地で、今までの間違った常識を壊《こわ》そうと思っているのさ」

◇　◇　◇

バタラと協力して絵を完成させ、設計図としてルゴスに渡した翌日。

一ヶ月ぶりに、行商人のタージェルがデゼルトの町を訪れた。

タージェルは領主館の庭にやってくると、僕が用意しておいた箱の中身を見て驚きの声を上げた。

「この野菜と果物の全てが、この地で育ったものなのですか⁉」

箱の中には、朝からメディア先生に頼んで収穫してもらった様々な野菜と果物が入っている。全て試験農園で作ったもので、品質をタージェルに確認してもらおうと準備したものであった。

タージェルからのお墨付《すみつ》きが出たら、新たな交易品として彼に取り扱ってもらうつもりである。

「しかも、どれもこれも素晴らしい品質じゃないですか。これを本当にデゼルトで……やはりシアン様の力はとんでもないですね」

どうやらお眼鏡にかなったようだ。

僕は内心ホッとしながら答える。

「僕だけの力じゃないよ。みんなが協力してくれたおかげで、この地に合った肥料を作ることができたんだ」

そう、僕の【コップ】からは【魔肥料】の材料となる【水肥料】は出せても、もう一つの材料である魔獣の血は出せない。

みんなの協力がなければ、【魔肥料】は作れないのである。

「ご謙遜を。ところで味見をしてみてもよろしいでしょうか？」

タージェルの言葉に、僕は頷《うなず》く。

「もちろん。それに昼ご飯には農園の野菜を使った料理も用意してあるから、そちらも食べてみてほしい」

「ポーヴァルさんが料理なさるのなら、どんな野菜でも美味しくなってしまいますよ」

タージェルは軽く笑いながら言い、キャロリアを一本手に取ると、端《はし》っこにガブリと噛《か》みついた。

そして何度か咀嚼《そしゃく》し、驚きの表情を浮かべる。

「何度も言いますが、本当にこの地でこんな上質の野菜ができるなんて……夢のようだ」

タージェルはそう呟きながら、今度はストロの実を口に放り込む。

次の瞬間、彼の目から一筋《ひとすじ》の涙が頬を伝う。

「美味しい……豊富な水と養分の豊かな土地でしか育たないはずのストロが、こんなに美味しく実るなんて」

「気に入ってもらえたかな？」

「はい、とても」

その後もタージェルは、次から次へと試験農園で作った野菜や果物を食べていく。用意したのはどれもとれたての新鮮なものとはいえ、生のままだから、お腹《なか》を壊さないかと心配になるくらいだ。

僕は涙を流しながら試食を続けるタージェルが落ち着くまで、しばらく待つことにした。

やがて箱の中の野菜を一通り味見した彼は、取り出したハンカチで口元と涙を拭くと、僕に深々と頭を下げた。

「正直《しょうじき》に申しますと、この町はあと数年もしないうちになくなってしまうと予想しておりました」

タージェルは生まれ故郷であるデゼルトの町を支えるために、他の行商人たちが手を引いたあとも赤字覚悟で行商を続けていた。

その後、町の近くで遺跡が発見されて、魔獣素材を取引できるようになったおかげで利益を出せるようになった。

だが魔獣素材は取り扱いが難しく、市場も大商会に握られている。その間をかいくぐって売るのは非常に手間で、実際はそれほどの儲《もう》けにはならないらしい。

それに、タージェルと彼の家族だけで細々とやっている商売だけに頼るのは非常に危うい。

もし自分が倒れでもすれば、この町の経済は立ちゆかなくなってしまうだろうとタージェルは考えていたのだそうだ。

タージェルは更に言葉を続ける。

「オアシスの水が枯《か》れ、井戸の水も濁り始めたと聞きまして、私はとうとうこの町の終わりが来たのだと確信したのです」

「いくら魔獣の肉や血があっても、水がなければ人は生きていけないからね」

「ええ、ですから【水】を生み出せる力を持った新しい領主が赴任したと聞いた時、私は教会を訪れて女神様に感謝しました」

その感謝は、もしかしたら本物の女神様には届いていないかもしれない。彼は偽物の像に向かって祈ったのだろうから。

しかし本物の女神像が完成して、それに祈れば思いは届くはずだ。

すると、タージェルは少しだけ表情を曇《くも》らせる。

「それでも私は、町の寿命《じゅみょう》が少し延《の》びただけだと思っていました。実際にあなたにお会いして、町の人たちから話を聞くまでは」

「それって、どういう……？」

「シアン様は自分がいなくなったあとのことも考えていらっしゃる。つまり、本気でデゼルトの現状をなんとかしようと思って行動してくれていると知ったのです。目先のことばかりしか考えなかった私と違ってね」

領地運営というものは、自分が生きている間だけうまくいけばいいというものではない。

なぜなら、自分が死んだと同時に領地も領民も消え去るわけではないからだ。

今はまだ考えていないが、僕が将来子供を授かったら、彼らもこの地で生きていくかもしれない。

ならば未来の子供たちや、この先もここで生きていく人たちのためにも、自分ができることは全てやっておかないと、死んでも死にきれない。

ただそれだけのことなのだ。

「僕は心配性なだけなんだよ」

一言にまとめるとそうなる。

僕が死んだあと、いなくなったあとの領地のことを考えると心配でたまらない。

だから僕が領主として働けるうちに、のちの憂いをできる限りなくしたいと思っているだけである。

「そうですか」

タージェルはただ一言だけそう返事をした。

「ああそれと、まだ実験が必要だけど、この町の水事情についてはもう少しよくなるかもしれないんだよね」

「もしかして、泉が枯れた原因がわかったのですか？」

「それはまだわかってないんだけど……」

僕の答えに、タージェルはあからさまにがっかりした表情を浮かべる。

そんな彼の前に、僕は持ってきていた鞄《かばん》から一つのコップを取り出してみせた。

「実は【聖杯】の新しい力が開放されて、こういうものが作れるようになったんだ」

それは僕が先日、バタラに文字通り背中を押されて作り出したあの『神コップ』である。

「これは？　ただのコップ……いや、まさか紙製ですか？」

「たぶんそれで間違いないと思うよ」

「しかし紙でできたコップなんて、長く商売をしていますが初めて見ました」

「それは『神コップ』というものらしいんだよ」

「はぁ、なるほど……仰々《ぎょうぎょう》しい名前にしては、ちょっと地味ですな」

「確かにそうかもしれないけどさ……まぁ、文句は女神様に言ってくれ」

僕は苦笑《くしょう》しながら、彼に『神コップ』を手渡す。

「それをゆっくりと傾けてみてほしい」

「これをですか？　中には何も入ってないようですが」

彼は少し不思議そうにしながらも、僕の言葉に従ってゆっくりと『神コップ』を傾ける。

するとバタラがシーヴァを水浸《みずびた》しにしたあの時と同じように『神コップ』から水が流れ、地面に水たまりを作り出していった。

「これは……まさか」

驚きのあまり固まっていたタージェルだったが、地面から跳《は》ねた水が足にかかったことで正気《しょうき》を取り戻したのか、慌てて『神コップ』を傾けるのをやめる。そして、困惑気味に僕を見た。

「それは僕が持っている【コップ】の力の一部を持っていてね。作る時に選んだ液体を一種類だけ出せる、いわば神具の複製品みたいなものなんだ」

「だから神のコップなのですね。一見すると地味だという、さっきの私の言葉は取り消させていただきたい」

いや、それは別にかまわないのだが。

むしろデザインセンスに関しては、女神様には反省してもらいたいと僕も少し思っているし。

「しかし……一部とはいえシアン様の力と同じだとすると、この『神コップ』も魔力を変換して水を作り出しているのですよね？　私たち一般庶民に魔力はないのに、どうして……？」

「それについてはちょっとした誤解《ごかい》があるんだけど……それはそれとして、その『神コップ』には僕の魔力が込められていて、なくなったら補充することもできるようになっているんだ」

「魔力を補充……ですか。ということは補充された魔力の分だけ、『神コップ』から水が出せる、と。私が使えたことから推察《すいさつ》するに、魔力が空《から》にならない限りは誰でも使用可能というわけですね」

「そうだね。でも逆に言えば、補充した魔力がなくなれば『神コップ』からは何も出なくなるってことだ。それだとちょっと不便だと思わないか？」

僕はタージェルから『神コップ』を受け取ると、消費した分の魔力を『神コップ』へと流し込み……

「だからその欠点を、僕はなんとかしようと思ってるんだ」

そう呟いたのだった。

◇　◇　◇

「できましたぜ、坊ちゃん」

タージェルが交易用の物資の補充を済ませ、町を出発する日の前日。

領主館でティータイム中の僕のもとに、ルゴスがそう言ってやってきた。

今回のタージェル商会との取引では、前回同様に砂糖水飴と魔獣素材、そして魔力回復ポーションを二個渡した。

前回渡した魔力ポーションは、相当な高値《たかね》で王都の貴族に売れたらしいが、やはり大量に捌《さば》くのはかなり難しいとのことで、一回の取引あたり二個を上限にすることにしたのだ。

余分に作ったものは、在庫として地下にある研究室の更に奥の倉庫にしまっておくことにした。

といっても、最近のメディア先生は魔力ポーションの精製《せいせい》設備の研究をほとんどしていない。彼女は現在、魔肥料や魔植物の方にご執心である。そのため、在庫といっても大量にあるわけではない。

ポーションは一つ売るのにかかる手間は魔獣素材と変わらないが、得られる利益は比にならない。

大量に売ると目立ちすぎてしまうが、この先も同じように取引ができるのであれば、現在の零細《れいさい》家族経営を脱する日も近いとのこと。

これから先、取引する商品が多くなれば、タージェルと家族だけでは捌き切れなくなるだろう。

この町の人々を雇《やと》ってもらうのもいいかもしれないが、外に働きに行きたがる人がどれほどいるかは未知数だ。

また、店が大きくなればいつか遺跡や魔力回復ポーションのカラクリといった、重要な情報が漏れてしまうという懸念《けねん》がないわけではない。

まぁ、その時はその時かな。

来たる日に備《そな》えて、情報が漏洩《ろうえい》したとしても簡単には手を出せない規模に町を成長させればいい。

僕たちにはそれができると確信している。

もし話を聞いて不埒《ふらち》な輩《やから》が来たとしても、メディア先生がまた知らぬ間に増やしていた魔植物とシーヴァがいれば、防衛面についてはよほどのことでもない限り大丈夫だろう。

ドワーフに協力してもらって、強固な防壁《ぼうへき》を作り、町への出入りをきちんと管理する仕組みを作るのもいいかもな。

「まるで国を相手に戦争するみたいに聞こえますね」

前に僕の計画をエンティア先生に話したら、彼女はそう言っていたが、戦争するつもりなんて一切ない。

ただ、国の連中が利益に目をくらませて寄ってきた時、しっかりと秘密を守ればそれでいいのだ。

そして今、守るべき秘密のうち一つが、ルゴスの手によってもたらされた。

彼は僕の目の前に、ドンッと人と同じくらいの大きさの石像を置く。

「バタラ嬢ちゃんが描いてくれた絵の通りにはできてると思うんですが」

「急《せ》かして悪かったね」

「別に時間はいいんだけどよ。しっかし、コレが本当に本物の女神様の姿なんですかい？」

「もちろん。二度も見たことがある僕が保証するよ」

僕は立ち上がり、ルゴスが置いた女神像の周りをぐるっと一周しながら答えた。

その姿は、僕の話を聞きながらバタラが描いた絵そのもの。

両手で何かを包み込み、それを差し出すような格好で、僕の指示通りあるものを手に持つことができるようになっている。

その造形は、まるで後光が差しているかのように感じられるほど、見事な出来映《できば》えだった。

もの作りのスペシャリストであるドワーフも認める技術を持つルゴスだからこそ表現できた、細やかな髪や柔らかな服の質感、そして愛らしくも美しい顔……まさに芸術品だと言えよう。

「ま、それならいいんだけどよ」

「もちろんバタラの絵も素晴らしかったけど、それを見事に立体化してくれたルゴスの腕は、やっぱり誰よりも凄いよ」

「嬉しいこと言ってくれるじゃねぇか。でもよ、本当に女神様ってこんなに――」

ルゴスは目の前の像を見て、しばし沈黙《ちんもく》する。

何か思ったことをそのまま口にでもしたら、罰でも当たると思っているのだろう。

「王都の教会とかに置いてあった女神像って、こう、もっとスラッと背が高くて、顔とかもなんつーか、艶《つや》っぽかったっつーか。胸も――」

「そうだね。確かに教会の像の姿とはかけ離れてるよね」

女神様と実際に会って神託を受けた僕が、それ以降ずっと女神様の像を見るたびに持っていた違和感《いわかん》。

それと同質のものを、ルゴスも感じているのだろう。

バタラも最初は、僕の語った女神様の姿を信じられない様子で聞いていたのを思い出す。

「でも、僕が会った女神様は、本当にこの像と同じ外見をしていたんだ」

僕はそう言いながら、出来上がった女神像に近寄る。

そして、少しかがんで頭をそっと撫でた。

女神様は、小柄な僕よりも更に頭一つ小さい。偽物の像は大人っぽい姿だから、これを見せたらみんなにわかには信じがたいだろうな。

「本当の女神様がこんなちっこい子供みたいな姿だなんて、除幕式《じょまくしき》でみんなびっくりするでしょうぜ」

ルゴスも僕と同じことを考えていたようだ。

「ルゴスにもそのうちわかるよ」

そう言って僕はその場に片膝をつき、新しく作られた女神像に祈りを捧げる。

どうか、エリモス領とデゼルトの町をお守りください、と。

「んっ」

その祈りと同時。

僕の体から魔力が少しだけ、女神像へ流れていくような感覚があった。

「これが、シーヴァが言ってたことか」

僕は先日、シーヴァから聞いた《女神像と魔力》の話を思い出す。

『像に祈りを捧げるという行為は、自《みずか》らの力の一部を、像と、像が模している対象へ捧げる簡易的《かんいてき》な儀式のようなものなのじゃ』

シーヴァはそう言っていた。

だから僕はそれを確かめるべく、自らの魔力の動きに意識を向けながら祈ったのである。

そして、確かに僕の魔力は女神様の像へ流れたのを感じた。

ただ実際に流れ出た魔力はかなり少なく、意識していなければ魔力が移動したことには気がつけなかっただろう。

「これくらいの量なら、魔力容量の少ない平民でも魔力切れを起こすことはなさそうだ」

僕は女神様の像を見ながら、独り言を呟く。

像からは、先ほどまでは感じられなかった力を僅《わず》かに感じた。祈れば祈るほど、力は蓄《ちく》積《せき》されていくのかもしれない。

「ルゴスもさっき僕がやったみたいに、像へ祈りを捧げてみてくれないか？」

「俺がですか？　純粋な人族でない俺が、女神様に祈っていいんですかね」

「そんなこと気にしないでいいよ。種族の違いなんて些《さ》細《さい》なことだろ」

ルゴスはハーフドワーフである。

ドワーフは女神様ではなく、土の神様を信仰しているはずだ。

ルゴスがその神様を信仰しているのかどうかはわからないが、女神様がそんなことで差別するとは思えない。

それともルゴスが信仰の違いで遠慮しているのかな。だったら無《む》理《り》強《じ》いはできない……と思っていたら、彼はあっさりと像の前に片膝をついた。どうやら僕の杞《き》憂《ゆう》だったようだ。

「わかりました。それじゃあ」

ルゴスは両手を重《かさ》ね合わせて目を閉じる。

何を願っているのかはわからないけれど、しばらくすると彼はゆっくりと目を開けた。

僕はルゴスに尋ねる。

「どう？」

「どうと言われてもよくわかんねぇですがね。なんだか少しすっきりした気はしますが」

もう一度、女神様の像を見てみる。

僕には他人の魔力の動きまではわからないけど、女神像から感じる力が増しているのはわかった。

シーヴァの話がなければ、女神像の魔力など気にすることもなかった。

だから今まで気がつかなかったのだ。

こちらの実験も成功したと考えていいかもしれない。

まだ最後の実験が残っているが、それはもう確実に成功するという確信がある。

僕はもう一度祈りを捧げてから立ち上がり、ルゴスに声をかけた。

「それじゃあ今からみんなを呼んで最後の実験をしてから、町の中央広場にある共同水場にこの女神像を設置しよう。そして明日に除幕式を行いたいな」

「明日ですかい？　そりゃまた急な」

「だって明日の昼にはタージェルが帰ってしまうからね。彼には是非《ぜひ》この女神像と、デゼルトの未来の一端《いったん》を見てもらいたいんだ」

◇　◇　◇

「何が始まるんです？」

「聞いた話だと、領主様がこの町のシンボルになる像を作ったらしいんだよ」

「シンボル？　領主様の像か？」

「さすがにそれはないだろ。領主様は意外と恥ずかしがり屋だからね」

「じゃあラファムさんの像とか？　それなら毎日俺は見に来てもいいぞ」

翌日の早朝。

町の中央広場にある共同水場の周りに町の人たちが集まって、口々に話し合う声が聞こえる。

彼らは興味津々《しんしん》といった様子で、中心にある布をかぶせられた物体を見ていた。

昨日の夕方に、除幕式を行うことを家臣のみんなに喧伝《けんでん》してもらい、夜中に像を中央広場に設置しておいた。

そのおかげもあって、現在の中央広場にはかなりの人数が集まっている。

像の横に置いた簡易的なお立ち台の上に僕が立つと、人々がこちらに注目する。

「あっ、領主様だ」

「領主様ー！」

「シアン様ぁー！」

声援《せいえん》に軽く手を振って応《こた》え、僕は声を上げた。

「みんな、本日は朝の忙しい時間に呼び出してすまない」

するど、先ほどまで騒《さわ》がしかった広場の人々が、僕の言葉を聞こうと静まる。

「今日はこのデゼルトの町、そしてエリモス領にとって記念すべき日となることを僕はここに宣言したいと思う」

そう言って僕は布をかぶったままの像を手で指し示す。

「みんなは僕が女神様から授かった神具によって、この町に必要な【水】を生み出したことはご存じのはず。それはつまり、もし僕がいなくなれば水を手に入れる手段がなくなるということでもある。こう言っては聞こえが悪いが、僕が町の命運を握っていると言っていいだろう」

今の発言は僕の自慢、もしくは脅迫《きょうはく》のようにも思えたのだろう。

一部の人は演説を聞いて、怪訝《けげん》な表情を浮かべていた。

「だが安心してほしい。今日からこの町は、僕がいなくなったとしても【水】の心配をしなくてよくなるだろう」

その言葉に、人々の間にざわめきが広がる。

察しのいい者たちは、布をかぶっているシンボルと何か関係があると気がついただろう。

「もったいぶっても仕方がないし、早速お披露目《ひろめ》と行こうか。みんなが知っているように、僕は長い演説が苦手だからね」

すると、観衆から笑いが起こる。

冗談を言ったつもりはなかったのだが、それで空気が和《なご》やかになったのならいい。

「それでは、僕がこの町に贈《おく》る最高のプレゼントを受け取ってほしい」

そう口にすると同時に、女神像の近くにいたルゴスがかぶせてあった布を一気に取り払った。

「おおっ。あれがシンボル」

「なんだあれは。領主様……じゃないよな、どう見ても」

「かわいい女の子の像だ。でも、あれが最高のプレゼントなの?」

「ラファムさんじゃなかった……けど、同じくらい素敵な女の子の像だ」

観衆たちが、現れた女神像に戸惑いの声を上げる。

一部おかしな反応を見せる奴がいる気がするが、まぁそれはいいとして。

彼らはこの像の正体を知らないのだから、困惑するのも仕方ない。

僕は彼らのざわめきが少し収まるのを待ってから、ゆっくりと口を開いた。

「みんなの中には、僕が女神様に会った経験があるという話を聞いた者もいるだろう。そう、これこそが、その時に会った女神様の姿を忠実にかたどった像なんだ」

僕の言葉への反応は予想通りであった。

ほとんどの人たちは領主がおかしなことを言いだしたとしか思っていないらしく、そこかしこから戸惑いの声が湧《わ》き上がる。

彼らが抱いていた女神様のイメージとは優しげな大人の女性の姿であって、目の前の像のような少女の姿ではないからだ。

「みんなの気持ちもわかる。だが、僕が実際に会った本物の女神様は、この像の姿で間違いない」

聴衆《ちょうしゅう》の間に、更なるざわめきが広がる。

僕は彼らに向かって高らかに告げた。

「今までみんなが信じていた女神様は偽りの姿だったと、シアン＝バードライの名においてここに宣言する！」

国の貴族たちに聞かれたら、反逆にもとられかねない言葉である。

いや、実際に僕は国や貴族たちが作り上げてきた幻想をぶち壊したのだから、反逆に違いない。

「今後は、この女神像へ祈りを捧げるんだ。そうすれば、この町は二度と水を失わないだろう」

僕がそこまで口にしたところで、群衆《ぐんしゅう》の中から一人の少女が進み出る。

褐色肌のその少女はバタラだ。彼女には、このタイミングで僕の横にやってくるようにと打ち合わせしてある。

彼女は僕の隣に来ると、女神像の前で片膝をつき、目を閉じて手を合わせ、祈りを捧げる。

　すると、どうだろう。

　女神像が差し出している『壺《つぼ》』から、突然水が流れ出たのである。

「おおおっ」

「水だ」

「どういうことだ？　シアン様は何もしていないように見えるが」

「まさか……本当に女神様に祈りが届いたというのか？」

　人々の驚きの声が聞こえる。

　仕組みは簡単だ。

　昨夜、女神像を設置する際に壺を持たせておいた。その壺の中には、【水】の『神コップ』を仕込んである。

　それだけである。

　最初は『神コップ』をそのまま持たせるつもりだったのだが、さすがにそれではだめだということになり、ルゴスが急いで丁度《ちょうど》いいサイズの壺を作り上げて持たせたのだった。

　なんせ見かけは普通の紙でできたコップにしか見えないわけで、神々《こうごう》しい女神像が持つとあまりにも見栄《みば》えが悪かったのだ。それに、『神コップ』を野ざらしにするのも心もとない。風が吹いたら飛んでいきかねない。

僕は驚く人々を見ながら、シーヴァの言葉を思い出す。

『人々はなぜ神を模した像に祈るのかわかるか？　いや、逆じゃな。神はなぜ自分を模した像を作らせ、それに祈りを捧げさせるのか、じゃ』

あの日が全ての始まりだった。

神の姿を模した像。

それに向かって祈りを捧げる行為は、自らの魔力の一部を神に捧げる行為と等しい。

では、偽物の像に祈ったらどうなるのか。

魔力の移動は行われないのか？

いや、それは違うと僕は思っている。

『祈りは力じゃと誰かが言っておったのう』

シーヴァはこうも言っていた。

彼の言葉を聞き、僕は王都の中央広場にある巨大な女神像のことを思い出した。

右手を頭上に掲《かか》げるポーズをしており、手にはまばゆい光を発する神具が握られている像だ。

王都の国民は、毎日その女神像に祈りを捧げている。

女神像が持っている神具は、先々代の国王が女神様から授かった『陽光の神具』と呼ばれるもので、それのおかげで夜でも中央広場の周辺だけは常に明るく照《て》らし出されている。

【コップ】は僕の手を離れたら使うことはできないが、一部の神具は持ち主の手から離れても力を発揮《はっき》することができ、死後も残り続ける。

その一つが『陽光の神具』である。

不思議なことに、『陽光の神具』に魔力を供給していた貴族は、僕の知る限り一人も存在しない。

僕は今まで、あの神具は誰からの魔力供給もなくずっと輝いていたと思い込んでいたが、今ならわかる。

あれは、王都の人々の祈りによって得られる魔力で輝き続けていたのだと。

「神の像に捧げられた祈りの力……魔力は、像だけでなくその手に持つ神具にも送られるわけだ」

僕は独り言を呟く。

ならば、『神コップ』にも同じ要領《ようりょう》で魔力を補充できるのではないか、と僕は考えた。

現在、『神コップ』は傾けた状態で固定してある。中に込められている魔力は事前にゼロにしておいたから、水が出ることはない。

そこに人々が祈ることで、微量ではあるが魔力が『神コップ』に込められる。

そして込められた分だけ、水が流れ出るのである。

一人の祈りでは僅かな量しか出ないが、大人数となると話は別。

決して少なくない量の水を得られることになる。

それでもまだ町の人々全員を完全に潤《うるお》せるほどではないが、少なくとも渇《かわ》きで死んでしまうことはなくなるだろう。

すると、いつの間にか僕の横にいたバタラが僕に言う。

「私たちは貴族の方々と違って魔力の使い方を一切教わらずに生きてきました。なのに、祈りという形で無意識に使っていたというのは不思議ですね」

今、町の人々は全員が女神像に祈って、壺からから流れ出る水をどこからか用意してきた樽の中に溜めている。

彼らを見ながら、僕は言った。

「きっと、この光景こそが自然なものだったんだ」

「えっ？」

「本来、神への祈りは純粋なものだったはず。それなのに、僕たち貴族の祖先《そせん》はあらゆる嘘で塗《ぬ》り固めて女神様の力を独占した」

そうして産み出されたのが、偽《にせ》の女神の姿。

「嘘の神……か。もしかして女神様があの時僕に伝えた神託の意味って――」

「え？」

「いや、ただの独り言さ。それよりも今は僕たちの領地に水を与えてくださった女神様に感謝を捧げよう」

僕は思考の奥に迷《まよ》い込みそうになった心を引き戻すと、目の前の光景に意識を向ける。

そこには水を生み出し続ける神秘的《しんぴてき》な幼き女神像と、笑顔溢《あふ》れる領民たちの姿があった。

「まるで夢みたいです」

小さく呟くバタラの声に頷き、これからもこの幸せな風景を守っていくのだと、僕は誓うのだった。

◇　◇　◇

女神像の除幕式のあと、僕は感極《かんきわ》まって泣いていたタージェルと、彼の馬車を連れて試験農園へやってきていた。

まだ本格的に栽培《さいばい》を開始したわけではないのでそれほど数は揃《そろ》っていないが、メディア先生が収穫してくれた野菜を一箱、試験的に販売するため渡す約束をしていたのだ。

「シアン様‼　化け物が農園の中で暴《あば》れてますよ⁉」

試験農園の入口にたどり着いた時、タージェルは前方を指さして叫んだ。

ああ、そういえば説明を忘れていた。

「あれはこの農園の警備員《けいびいん》兼従業員というか、その、なんと言えばいいのか」

タージェルが指さした先。

そこにはこちらに気づいて大きく手を振るメディア先生と、それを真似《まね》するようにウネウネと触手《しょくしゅ》を揺らす何本もの魔植物の姿があった。

知らないうちに、また数が増えている気がする。

「見かけはあんな感じだけど、メディア先生の言うことをよく聞くんだ。彼女のペットみたいなものだから、深く考えなくていいよ」

正直、魔植物の説明はあんまりしたくない。

植物に魔獣の血を与えた結果誕生《たんじょう》した植物系の魔獣なのだが、そう言ったらタージェルはますます混乱するかもしれない。

タージェルはぽかんとしていたが、やがてゆっくりと頷く。

「は、はぁ……変わったペットをお持ちですね。さすがシアン様の部下といったところでしょうか」

それは一体どういう意味だろう。

僕の家臣だから、少しくらいおかしくて当たり前ということか。

なんだか複雑な気持ちになるな。

とりあえずタージェルが出発するまで時間もあまりないことだし、馬車に初出荷分の野菜と果物を積《つ》み込み始めたい。

「おーい、メディア先生」

　僕は大きな声でメディア先生を呼んで、彼女に箱は用意できているかと聞いてみた。

「あと少しで収穫は完了さね。もう少しの間待っていてくれないかい？」

　まだタージェルへ渡す分の作物の箱詰めは終わっていないらしい。

　メディア先生は後ろを振り返り、魔植物にジェスチャーで指示を出す。

　すると、魔植物たちが一斉に梱包《こんぽう》作業に取りかかるのが見えた。

「どうしようか」

「では、待っている間に農園を見せてもらってもよろしいですか？」

「どうぞご自由に。わからないことがあれば、答えられる範囲で答えるよ」

「ありがとうございます」

　タージェルは軽く頭を下げてから、恐る恐るといった風に農園の中に足を踏み入れた。

　魔植物が襲《おそ》ってくるのではないかと思っているみたいだ。

　しかし、最初はへっぴり腰だった彼も、農園の中を歩いているうちに緊張《きんちょう》が消え去って、作業中の魔植物の近くでも時々しゃがみ込んでは作物の様子を確認していた。

　その目はまさに商売人のそれである。

「シアン様。本当にこの不毛の地で野菜や果物が育っているなんて……実際に目にしても、信じられない思いですよ」

「正直に言って、僕も同感さ」

魔獣の血の効果に気づかなければ、こんな短時間で農園を作ることなどできなかった。

運が悪ければ未だに毎日町の外で畑を耕し、【コップ】で水と肥料を撒《ま》く日々を送っていたかもしれない。

「一体これはどういう仕組みなんでしょうか？　この場所の土壌《どじょう》を改良したのかと思いましたが、見る限りは今と変わっていないようですし」

タージェルは、足下の砂を手に取ってさらさらと指の間から地面に落としてみせる。

「その辺りはまだ新しく野菜を育てたところだからね。少し前から特殊《とくしゅ》な肥料を撒《ま》き続けているところなら、もう随分と土の質も変わってきてるんだけど」

僕はタージェルを、最初に魔肥料を使い始めた場所まで連れていく。

「確かに、この辺のものは畑作に向いている土質ですね」

タージェルが少し湿《しめ》り気《け》を帯びている土に触《さわ》りながら言う。

「実に不思議だ……これもシアン様の【聖杯】の力によるものですか？」

「うーん……当たらずとも遠からずというか……」

本音《ほんね》を言えば、魔肥料のことはタージェル相手であっても伏《ふ》せておきたい。

真実を知る者が増えると色々面倒が起きそうだからね。

魔肥料の安全性については、僕たちが日常的に試験農園で採れた作物を摂取《せっしゅ》して問題ないことを確認しており実証済み。ただ、その存在が知られたらよくも悪くも騒ぎになることは間違いない。当分の間は黙っておこう。

ということで、僕はタージェルにこう告げる。

「僕の力というより、メディア先生が砂漠の土に合う肥料の材料を見つけてくれたおかげさ」

嘘ではない。

その材料の一つが魔獣の血というだけである。

「それを【聖杯】の力で量産しているというわけですか」

「あ……うん。まぁそんなところかな。詳しいことは今はまだ企業秘密だから言えないけどね」

僕は目をそらして言った。

そして、一つ咳払いをして続ける。

「とにかく僕は、新たに開発した特殊な肥料を使って、ここを緑溢れる地にしたいと思っているんだ。今見てもらった通り、新しい肥料を使うことで砂地を栄養豊かな土壌に改良できることはわかったしね」

最終的な目標は、魔肥料を使わずとも植物が育つ環境《かんきょう》を作ることだ。

それは決して絵空事《えそらごと》ではないと思っている。

「普通なら荒唐無稽《こうとうむけい》だと笑い飛ばす話なのでしょうな」

タージェルは土をいじる手を止めて立ち上がり、農園をぐるっと見渡す。

「しかしシアン様なら……様々な奇跡《きせき》を見せてくれたあなたなら、叶えてくださるのでしょうね」

「ああ、もちろんだ」

僕とタージェルはそれから、メディア先生と魔植物が梱包を終えるまで、この先の計画について話し合った。

魔肥料のことは『特別な肥料』とだけ伝え、僕はその肥料の特徴について説明する。

強めの肥料を使うと作物は急速に育つが、その分味が落ちてしまうため、食用には向かない。

だが、そのまま収穫せずに置いておくとあっという間に腐り、土に還《かえ》って栄養となる。

それを数度繰り返すことで、砂地は立派な土に変化するのだ。

「わざと作物を腐らせるのは、ちょっと気が引けるんだけどね」

「他の町の農家の人たちも、似たことをしていますね。その際、彼らもシアン様と同じことをよく仰っています」

「え、他の農家の人も？　それは初耳だな」

僕はタージェルに詳しく話を聞くことにした。

タージェルは顎を撫でながら説明する。

「農作物というのは不作の時もあれば豊作の時もありますでしょう？　もちろん不作の時は困ってしまうわけですが、逆に豊作すぎても困るんですよ」

「そうなのか。それはどうして？」

タージェルの話によると、あまりに豊作だった場合、全てを市場に卸《おろ》すと値崩《ねくず》れを起こしてしまうのだとか。結果として、得られる利益は少なくなるそうな。

それに多く収穫したとしても、大抵の作物は保存期間が短い。

無理やり市場へ持っていったとしても、売り切ることができずに腐らせてしまうという。

「そういった事情で、収穫する前に作物を潰《つぶ》して肥料にしてしまうんですよ」

「もったいないけど、仕方がないことなんだな」

「ええ。とはいえ、無駄にするわけではありませんよ。そうやって土地に栄養を返すことで、次の作物が不作にならないようにするのですから」

つまり僕がやろうとしていることはそれと同じだ、とタージェルは笑う。

僕は少し心が軽くなった。

その時、メディア先生が魔植物をうじゃうじゃと引き連れてきて、話しかけてくる。

「シアン坊ちゃん、箱詰め作業が終わったさね。この馬車の中に積み込めばいいのかい？」

「ありがとうございます、メディア先生。作業を全部任せちゃってすみませんでした。

ちょっと話が盛り上がっちゃって」

「お手数をおかけして申し訳ございませんでした」

「気にしないでいいさよ。さぁ、これがあたしたちが丹精《たんせい》込めて作った作物さね」

メディア先生の言葉を合図に、魔植物たちが器用に触手を使って箱の蓋《ふた》を開けた。

そこには色とりどりの瑞々《みずみず》しい野菜がたっぷりと入っている。

「本当にどれもこれも素晴らしい出来だ。私も力を入れて売らなければなりませんね」

そう言うタージェルは、商売人らしい生気の溢れる表情を浮かべていた。

さっきまでは魔植物を見て青い顔をしていたというのに、順応性が高い人だ。

「一人でも多くの客に届けておくれよ。そうしたら、畑の世話を手伝ってくれたこの子たちが喜ぶさね」

メディア先生は魔植物を愛《いと》おしげに撫でながら言った。

彼女はどんどん魔植物の扱いがうまくなっている。

魔植物たちも、子供のようにメディア先生に懐いていた。

実際、魔植物の生まれた経緯《けいい》を思えば、母と子のような関係と言っていいのかもしれない。

「お前たち。今日はよく頑張ったからあとでご褒美《ほうび》を上げるさよ」

メディア先生は仕事を終えた魔植物たちを一本一本を撫でて回る。

撫でられた魔植物たちはウネウネと不気味に揺れていた。

……たぶん喜んでいるのだと思う。

そして一通り撫で終えたかと思うと、僕も知らない謎の塊《かたまり》を魔植物たちに与え始める。

あれは一体なんだったのかとあとで聞いたら、「魔獣の血を多めに混ぜ込んで固めた魔肥料さね」という答えが返ってきた。

魔植物たちは、与えられた塊を嬉しそうに吸収していく。

その時――

「おや？」

魔植物にご褒美を与えているメディア先生の向こう側。

防砂林がある方向から、一本の魔植物がウネウネと体を揺らして、根っこを動かしてこちらに走ってくる姿が見えた。

「って、走れるの⁉」

「ええっ！　なんですかアレは‼」

目の前でメディア先生にじゃれついている魔植物たちは、動いているとはいえ地面の中に根を張っているが、こちらに走ってくる魔植物は、完全に砂地から根が飛び出ている。

かつてこの国の森にいたと言われるトレントとかいう木の魔獣も、根っこを地面から引き抜いて人々を襲ったらしいが、今迫《せま》りくる魔植物は、その伝承《でんしょう》を彷彿《ほうふつ》させた。

「ああ、あれはジェイソンじゃないか。あんなに慌ててどうしたのかね」

メディア先生は走ってくる魔植物を見ても特に驚かなかった。

どうやら彼女にとっては当たり前の光景であるらしい。

というか、それぞれの魔植物に名前までつけていたのか……

ジェイソンと呼ばれた魔植物はメディア先生に近づくと、クネクネと動き始めた。

呆然《ぼうぜん》と見つめる僕とタージェルをよそに、メディア先生は真剣な顔でジェイソンに頷いている。

どうやっているのかは知らないが、彼女は魔植物と完璧なコミュニケーションを取れるのだ。

「ふむふむ、ドワーフがまた来たって？　え？　今度も何か背負《せお》ってきてるってのかい。それで？」

断片的《だんぺんてき》に聞こえてくる言葉から推察すると、ドワーフがまたやってきて何か面倒を起こしているみたいだ。

「今、メディア様はドワーフって言いましたか？」

「そういえばタージェルにはまだ話していなかったね。実は――」

僕はタージェルに、ドワーフとのいきさつを簡単に伝えた。

この町の住民と、ドワーフが密《ひそ》かに交易を続けていたこと。

先日、交易のために町へやってきたところを、警備していた魔植物たちに捕まったこと。

手短に話し終えると、タージェルは目を輝かせた。

「まさか噂《うわさ》に聞くドワーフをも、シアン様は仲間になされたというのですか」

彼の好奇心にまた火が着いたらしい。

「仲間というか、交易相手として認めてもらったというか……」

そもそも僕と、ビアードさんをはじめとするドワーフたちは仲間という間柄《あいだがら》でもないと思う。

確かにシーヴァのもとへ向かう時、彼らは危険を顧《かえり》みずに付いてきてくれたが、あれはビアードさんの息子であるルゴスの頼みでもあったからだろう。

あるいは、もしかしたら報酬《ほうしゅう》の『サボエール』をはじめとしたお酒目当てだったかもしれない。

まぁ、良好な関係であることに違いはないか。

そう考えていると、タージェルは好奇心に満ちた目で僕の手を両手で握りしめてきた。

そして、勢い込んで話しかけてくる。

「シアン様。是非とも私をドワーフの皆さんに紹介していただけないでしょうか?」

「それは別にかまわないけど、帰りの時間は大丈夫かい?」

タージェルは明日、隣町で大事な取引があると本人から聞いていた。

この町から隣町まで、今から出発しても日中にギリギリたどり着けるかどうかという距離《きょり》である。

最近はシーヴァが暇潰《ひまつぶ》し代わりに町の周りをパトロールしてくれているおかげで、危険な動物は大体排除《はいじょ》されている。

とはいえ、見通しの悪くなる夜が危ないことには変わりない。

「出発は明日に延期《えんき》します。取引も大事ですが、ドワーフと懇意《こんい》にできる機会を逃すなんて、商人としてはありえないですからね。それに先方には、数日の誤差《ごさ》はあると伝えてありますので」

彼から今までにない熱を感じ、僕は少し引き気味に答える。

「じゃ、じゃあ一緒に防砂林へ行ってみようか」

「ありがとうございます。そうと決まれば急ぎましょう」

そう言うとタージェルは勢いよく防砂林の方へ駆《か》け出し、僕とメディア先生とジェイソンは彼のあとを慌てて追うのだった。

◇　◇　◇

「おーい、坊ちゃまよぉ」

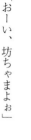

防風林の近くまでたどり着くと、以前会ったドワーフの一団が手を振っているのが目に入った。

今回は前回訪れた時より人数が少なく、三人しか姿が見えない。

まさか、また仲間が魔植物に絡《から》み取られているわけでもないだろう。

先頭で大きな声を上げたのは、ルゴスの父親であるビアードさん……だと思う。

なんせドワーフは全員、顔がほとんど髭《ひげ》で隠れているため、遠方からではなかなか区別がつかないのだ。

三人とも自分の背丈《せたけ》より大きなリュックサックを背負っている。

先ほどジェイソンがメディア先生に報告していたのは、そのことだろう。

先日やってきた時もかなりの物資を持ってきていたが、あそこまでの大荷物ではなかった。

一体何を持ってきたのやら、と考えている僕の横で、タージェルが感嘆の声を漏らす。

「あの外見……確かに、本物のドワーフですね」

「ああ。とりあえず、僕らも行こうか」

僕たちもドワーフの方へ進み、彼らと合流する。

やはり先頭を歩いていたのはビアードさんだった。

「久しぶりだな、領主の坊ちゃんよ」

ビアードさんはそう言いながら僕の背中をバンバンと叩く。

手加減してくれているとは思うのだが、それでも痛くて思わず顔をしかめてしまった。

だがビアードさんはそんなことなどおかまいなしで、ジェイソンを指さし……

「林に入るなり、そこの蔦《つた》野郎が地面から飛び出して走り始めた時は、腰が抜けるかと思ったぞ」

と、豪快《ごうかい》に笑った。

その時のドワーフたちの驚きは相当なものだっただろうとは、想像に難《かた》くない。

彼らは前回、魔植物に絡み取られたトラウマもあるだろうし。

「それにしても、予定より早い再訪ですね」

僕が言うと、ビアードさんは頷いた。

「おう、実は坊ちゃんに少し頼みたいことがあってよ……って、その前にこいつだ、こいつ」

ビアードさんは何かを思い出したのか、背負ったリュックを地面に下ろし、口を開けた。

「その大量の荷物はなんです？」

「これはまぁ、俺の家財一式なんだがよ……それよりもだ」

ビアードさんはリュックの中に片手を突《つ》っ込《こ》み、ヒョイッと何やら大きなものを取り出して地面に置いた。

「なっ」

「うわっ！　ひ、人⁉」

彼がリュックから取り出したのは、小柄な一人の少女だった。

リュックの中から人が現れたことにショックを受け、僕だけでなくタージェルやメディア先生も驚きのあまり動けない。

「み……水ぅ」

その時、少女が力のない声で言った。なんというか、生きていたことに安心してしまう。

「坊ちゃん、水だとよ」

「あ、ああ。今用意するよ」

僕はスキルボードを操作して【コップ】から出す液体を【水】に切り替え、自分の手に出現させて魔力を流し込みながら彼女のカサカサになっている唇《くちびる》にあてがう。

そのままゆっくりとコップを傾けて、水を飲ませた。

彼女の喉《のど》が動いて水を飲み込んでいくのを確認し――

「まさか、この子」

僕は少女の顔を見て小さく驚きの声を上げてしまった。

彼女はやつれていたものの、とても美しく整った顔立ちをしていた。町を歩けば、誰もが振り向く美少女だろう。

だが、僕が驚いたのはそこではなく、彼女の特徴的な長い耳に対してだ。

「ひょっとして、エルフ……なのか？」

ドワーフと同じく、伝説上の存在とされていたエルフ。

そんな種族が、今僕の目の前にいる。

「ああん？　それがどうしたってんだ」

ビアードさんは僕がなぜ驚いたのかわかっていない様子である。ドワーフにとって、エルフは珍《めずら》しくもない存在なのか。

いや、そんなことよりもだ。

「どうしてエルフがこんなところに……エルフは滅多《めった》なことでもなければ、大渓谷の対岸の森から出てこないって、文献《ぶんけん》にはあったけど」

美しい青色の髪が風に揺れ、エルフ特有の長い耳がピクピクと動いた。

すると、ビアードさんが口を開く。

「事情は知らねぇけどよ。俺たちが町に向かってる途中、砂に半分埋《う》まった状態で行き倒れてるのを見つけたから、とりあえず袋に入れて連れてきたんだが」

雑な扱いだ。

そういえば、ドワーフとエルフは仲が悪いと聞いたことがある。

ビアードさんがエルフの少女にあまり興味を持っていない様子に見えるのは、そういった事情があるのかもしれない。

　ビアードさんは更に言葉を続ける。

「こいつ、喉が渇いているって言うから水をやろうとしたんだが……間違えて、酒の入った革袋を差し出しちまってよ。水の入った方と取り換《か》えようとしたら、酒袋をひったくって中身を全部飲んじまったんだ。拾わずに見捨ててやろうかと思ったぜ」

「え？　大丈夫なんですか、それ」

　僕は酒を一気に飲んだというエルフ少女を心配してそう言ったのだが、ビアードさんは別の意味で捉《とら》えたようで、眉間《みけん》にしわを寄せて答えた。

「大丈夫じゃねぇよ。酒を飲みながらゆっくりとこの町まで来るつもりだったのに、なくなっちまったから走ってここまで来る羽目《はめ》になったんだぞ」

「そ、そうですか……」

　ビアードさんが今まで見たことがないほどしょんぼりとしてしまったので、とても訂正できるような雰囲気《ふんいき》ではなかった。

　まぁ、エルフ少女の方は今の様子を見る限りそんなに心配はないだろう。水もゴクゴクと飲んでいたし。

「とにかくここではなんですし、一旦領主館に向かいましょう」

　僕はみんなにそう告げて、少女を優しく地面に横たわらせて立ち上がる。

彼女は十分に水を飲んだあとそのまま眠《ねむ》ってしまったらしく、今は静かに寝息を立てていた。

「メディア先生は医務室のベッドの準備をお願いします。ビアードさんたちにはお酒を用意するので、付いてきてください」

「おう、それはありがてぇ」

「タージェルはどうする？　一緒に領主館へ来る？」

僕は先ほどから無言でいるタージェルにも声をかけた。

しかし、彼からの反応はない。

「タージェル？」

「ドワーフだけでなく……エルフ……なんて……私は夢を見ているのだろうか」

ポツリと呟く彼の目は、焦点《しょうてん》が合っていなかった。

ドワーフだけでなくエルフにまで出会えたことで、放心状態になっているようだ。

これはしばらくそっとしておいてあげた方がいいかもしれない。

「メディア先生」

「わかってるさね。お前たち、この子を丁重《ていちょう》に領主館まで運んでおくれ」

彼女の号令を受けて、ジェイソンをはじめとする数体の魔植物が一斉にうごめいて地面から根っこを引き抜き、エルフ少女とタージェルを蔦で持ち上げた。

「ジェイソン以外も歩けるんですか」

「そうさね。と言っても、歩けるまで成長したのは、ジェイソン以外だとここにいるカンソンとハンソンの二匹のみだけどねぇ」

その言葉に応えるように、二匹の魔植物がうねうねと動く。

どっちがカンソンでどっちがハンソンなのかはまったくわからないが、とにかくやる気は伝わった。

それにしても、このままメディア先生を好きにさせて大丈夫なのか……段々怖《こわ》くなってきたぞ。

本気で頭を悩ませていると、魔植物たちが三人のドワーフを蔦で捕獲《ほかく》する。

「おっ、おい！　俺たちは自分で歩けるから放せ！」

「やっぱりこうなるじゃないっすか！」

「何事も経験だ、若造」

三者三様《さんしゃさんよう》の反応を見せながら、彼らは魔植物に運ばれていった。

とりあえずメディア先生に釘《くぎ》を刺しておくのはあとにすることにし、僕も領主館に戻ることにした。

それにしても、あのエルフ少女はどうして行き倒れていたんだろう。

「……ん？　待てよ？」

行き倒れのエルフといえば、前にバタラから同じような話を聞いたことがあった。

確か、バタラの祖母がまだ若かった頃、行き倒れたエルフを助けて面倒を見たんだっけ。

「もしかしたら、何か関係があるかもしれない。ちょっと声をかけてみるか」

そう考えた僕は、領主館に帰る前にバタラの家まで寄り道することにしたのだった。

◇　◇　◇

領主館の医務室にて。

この前まではエンティア先生が眠っていたが、既に病状も回復して自分の部屋に戻っている。

彼女が使っていたベッドには今、エルフの少女が寝かされている。

ちなみに一緒に連れてこられたドワーフたちは、大広間で酒盛りの真っ最中だ。

館《やかた》の庭でルゴスの姿を見つけたので、ドワーフたちのことを任せたのである。

最初は突然のことで困惑していたルゴスだったが、すぐに酒宴《しゅえん》をセッティングして、現在は一緒になって騒いでいるらしい。

「大丈夫でしょうか？」

僕は、机に向かい何かのメモを取っているメディア先生に尋ねる。なお、先ほどまで彼女は農作業着だったが、現在は白衣姿だ。

メディア先生が白衣を着るのは久々な気がする。

最近は彼女の本業が農園主なのか医者なのか研究者なのか、よくわからない。

メディア先生は僕の質問に答える。

「疲れて気を失ってるだけさね。さっき魔力回復ポーションも無理やり飲ませたから、もう少しすれば目が覚《さ》めるさよ」

彼女はそう言い、自らの唇をぺろりと舐《な》めた。

……まさか口移しじゃないだろうな。

すると、メディア先生はからかうような口調《くちょう》で続ける。

「坊ちゃん、何か変なこと想像してるね。普通に鼻を塞《ふさ》いで口を開けさせて、流し込んだだけだってのに」

「わ、わかってますよ、そんなことくらい。でも、結構乱暴な飲ませ方をしたんですね」

「口移しの方がよかったかい？」

「先生にそういうご趣味《しゅみ》があるのでしたら」

「この娘がどうかは知んないけど、あたしにゃないよ」

メディア先生はカラカラと笑う。

「う、うーん」

その声に反応したのか、ベッドの上のエルフ少女が身をよじった。

起こしてしまっただろうか。

僕はエルフ少女に話しかけた。

「あれ……ここは？」

可愛《かわい》らしい声を上げて、ゆっくりと目を開くエルフ少女。

「目が覚めたようだね」

「あなたは？」

まだ半分寝ぼけた様子の彼女に、僕は極力《きょくりょく》優しい笑顔で答える。

「僕はこのエリモス領を治める領主のシアン＝バードライだ」

「エリモス領？　初めて聞く名」

「そっか、エルフにはこっちの国のことはあまり知られてないのかもしれないな」

僕は彼女でもわかるように言い直すことにした。

「君たちエルフが住んでいるという森から、大渓谷を挟んだ反対側の地名がエリモスって言うんだ」

「大渓谷を越えたところ。砂漠の町ならわかる」

「そう、ここがその町だよ。町の名前は知ってるかい？」

僕の問いかけに、彼女は首を横に振る。

「この町の名前はデゼルトと言うんだ」

「デゼルト。前に聞いたことがある……気がする」

聞き覚えはあるのか。

もしかすると、バタラの祖母が保護したというエルフとこの少女は、同一人物かもしれない。

見かけは僕やバタラと同じくらいの年齢に見えるが、エルフは不老長寿《ふろうちょうじゅ》の種族。

年齢は見た目で考えてはいけないと書物には書かれていた。

同じ人物なのかどうか、聞いてみよう。

「君は前にもこの町に来たことがあるかい?」

「砂漠の町なら一度行ったことがある。とても美味しいお酒があった」

現在エリモス領にある町はデゼルトだけ。隣町はエリモス領には属していないし、砂漠という気候でもない。

領内に僕が知らない隠れ里でも存在しないかぎり、彼女が昔訪れたのはこの町に違いない。

僕はバタラから聞いた話を思い出す。

バタラのお婆様が保護したのは普通のエルフではなく、ハイエルフだったという。

そのことを聞いてみることにした。

「もしかして君はハイエルフだったりするのかな?」

ハイエルフはとても珍しい種族で、エルフの中でも稀《まれ》にしか生まれないと書物には書かれていた。

彼女がハイエルフであれば、バタラのお婆様と出会った人物に間違いない。

だが、僕のその問いかけに彼女は少し首を傾げたあと……

「違う」

と、簡潔《かんけつ》に答えたのである。

「違うのか……」

ほとんど確信していただけに、その返答を聞いて少し肩透《かたす》かしを食らってしまう。

だが、彼女の言葉はそこで終わらなかった。

「私はハイエルフじゃない。大《だい》エルフ」

「えっ」

「大エルフ。ハイエルフは間違い」

大エルフとはなんだろうか。

初めて聞く単語だ。

もしかしたら、ハイエルフより更に上位の存在とか?

そんなことを考えていると、彼女は更に続けた。

「そもそも、ハイエルフなんて種族はない」

「えっ」

僕はうまく意味が呑《の》み込めず、同じことを聞き返してしまう。

「それって……ハイエルフという種は存在しないってこと？」

「しない」

一体どういうことだ。

国に残る文献には、数は少ないものの『ハイエルフ』という種族について確かに記述されていた。

彼女の言う『大エルフ』という種族については一度も目にしたことがない。

バタラのお婆様だって、昔会ったのはハイエルフだとバタラに話していた。

だとしたら、どういうことだ。

僕が混乱していると、自称大エルフの少女が口を開く。

「今は酔ってないから呂律《ろれつ》の調子がいい。人間に自分の種族をちゃんと言えたのは初めてかもしれない」

「……なんだって？」

大エルフ……ハイエルフ……まさか。

「もしかして、ただの言い間違いなのか？」

「たぶんそう。大エルフは人と話す時には大体酔っ払ってるから。でも今は素面《しらふ》。褒めていい」

なんだそれ……

突拍子《とっぴょうし》もない事実に、脱力してしまった。

「それより寝起きの一杯を所望《しょもう》する」

「え？　一杯って、まさかお酒？」

「当たり前。大エルフはお酒がなくなると死ぬ」

「ええっ‼　それ本当なの⁉」

「嘘。本当は死なないけど、そう言うとみんなお酒を持ってきてくれる。我ながら素晴らしい作戦」

「……」

だめだ、この大エルフ。

他の大エルフはもっとまともなのかもしれないけど。

だが、とにかくこの子はだめな子だ。

「ううっ、早くお酒を飲まないと。このままでは私の魔法の力が暴走《ぼうそう》してしまうかもしれない」

彼女は右手首を左手で握って、必死に押さえ込むような仕草を始めた。

無表情でそんなことを言われても困る。とんだ大根役者だ。

だけどまぁ、彼女には色々聞きたいこともある。

とりあえず言われた通りお酒を飲ませて、大人《おとな》しくさせておこう。

「ラファム」

「はい坊ちゃま、ジョッキでございます」

僕が声をかけると、医務室の入口で控《ひか》えていたラファムが近づいて、どこからかジョッキを一つ取り出して僕に渡した。

相変わらずの準備のよさである。

「それじゃあサボエールと果実酒と、どっちがいいかな？」

「サボエール」

即答だな。

僕はスキルボードから【サボエール】を選択し、【コップ】からジョッキに注ぐ。

「はいどうぞ」

泡《あわ》が溢れそうになっているジョッキを手渡すと、彼女は小さな両手で大事そうに受け取った。

「感謝。とりあえず最初の一杯はキンキンに冷えたエール。これ常識」

そんなことを言いながら一旦膝の上にジョッキを置き、左手で支えながら右手をかざす。

「コールド！」

彼女の声と共に、右手に冷気の塊が生まれた。

「えっ、まさか氷魔法⁉」

「そんな。シルフと契約しているエルフが風魔法以外を使うなんてありえないさね」

僕とメディア先生は驚きの声を上げた。

僕は氷魔法を何度も見たことがある。

姉が女神様から氷の加護を授かり、何度も自慢げに見せつけられたのだ。

しかし、大雑把《おおざっぱ》でやみくもに放つだけだった姉とは違い、彼女の氷魔法は驚くほど見事に制御《せいぎょ》されていた。

「エールはこうやって冷やして飲むと最高。私の魔法はこのためにあると言っても過言《かごん》じゃない」

とんでもなく高度な技術を使って彼女がしたことは、ただ単にサボエールを冷やすことだけ。

「この一杯のために生きてる」

エルフ少女は顔をにへらっと緩《ゆる》ませると、キンキンに冷えたサボエールを一気に飲み干した。

「凄く美味しそうさね」

メディア先生が羨《うらや》ましそうに言った。

冷えたエールなんて、王都でも一部の店でしか扱っていない高級品だ。

氷の付与《ふよ》魔法が施された『冷蔵庫』という魔道具でもなければ、普通はエールを冷やす手段などないからだ。

冷蔵庫はかなり高価なため、貴族の家以外だと王都の高級店にしか置かれていない。

そもそも魔道具全般が高級品で、一般人が簡単に買えるものでもないのだが。

「中身だけを冷やす魔法だなんて初めて見たよ。使い方はともかく、素晴らしい魔法の腕だね」

僕はそう言いつつ、無言で彼女が差し出したジョッキに、もう一度サボエールを注ぐ。

大エルフの少女はまた氷魔法を使い、サボエールを急速に冷やした。

ジョッキの中の液体のみを冷やす魔法の制御なんて、あの天才肌の姉ですらどれだけ努力をしてもできない芸当だろう。

「大エルフだから当たり前。んぐんぐ、美味しい。おかわり」

エルフは総じて魔法が得意だと聞いている。

普通のエルフは風属性の魔法しか使えないが、とても人では敵《かな》わないほど高度な使い手ばかりだとか。

一方、彼女の話によると大エルフという種は風以外の魔法を使える。

この少女の場合は氷属性が得意みたいだ。他にも何種類か使えるのだろう。

僕はまた差し出されたジョッキにサボエールを注ぐ。

「はいどうぞ」

「ありがとう。感謝。コールド！」

サボエールを冷やして一気飲みする少女。

「おかわりを所望」

「はい」

「感謝。コールド！」

そんなやりとりを何度続けただろうか。

魔力的にはまだまだ余裕はあるものの、さすがに疲れてきたし、そろそろ飽《あ》きたなと思っていたところにラファムから来客を告げられた。

「お客様がお見えですが、お通ししてもよろしいでしょうか？」

きっとバタラだろう。館へ帰る前に家に寄って声をかけたのだが、仕事中だったため、あとで向かうという返事をもらっていたのだ。

「僕が来てくれるように呼んだんだ。入ってきてもらって」

「わかりました」

ラファムは一礼して医務室を出ていく。

この時僕はもう少し考えるべきだった。

今更バタラがやってきたところで、ラファムが僕に許可なんてもらいに来るはずがないことを。

大エルフの少女がまたサボエールのおかわりを求めてきたので、言われるがままに注ぎ続ける。

それにしても、本当にどれだけ飲むんだ。

既に彼女の体に入り切る量を遙かに超《こ》えている気がするのだが……飲んだエールがどこに消えているのか、謎だ。

そしてまた差し出されたジョッキにサボエールを注いでいると、廊下《ろうか》からどたばたと大きな足音が聞こえてきた。

バタラ……？

いや、彼女はこんな大きな足音を立てるようなことはしない。

では、一体誰だ。

不思議に思って医務室の扉へ振り返った瞬間だった。

ばあああああああああああああんっ‼

激《はげ》しい音を立てて、医務室の扉が壊れそうな勢いで開かれた。

そしてそこに立っていたのは、やはりバタラではなく——

「誰？」

なんとなく見覚えがあるような面影《おもかげ》の老婆が一人、仁王立《におうだ》ちしていた。

「えっと、どなたですか？」

僕は立ち上がって、老婆に近づきながら問いかけた。

しかし彼女は僕の問いに答えず、ベッドの上でジョッキを握りしめている大エルフの少女を目を細めて凝視《ぎょうし》している。

「あなたは誰なのか聞いてるんですが……あ、ちょっと！」

突然、老婆がベッドに歩きだし、僕は慌てて制止しようと手を伸ばす。

だが、後ろから聞こえた少女の次の言葉にその手を止める。

「ニーナ？」

大エルフの少女は、明らかに老婆に向けて言った。

ニーナとは、この老婆の名前だろうか。

だとすると、二人は知り合いなのか？

ニーナと呼ばれた老婆は、ニヤリと笑みを浮かべる。

「やっぱりヒューレかい。あれから随分経つってのに、ちんちくりんのまんまじゃあないか。お酒ばかり飲んでちゃ背が伸びないって教えてあげたろう」

「ニーナは完全にお婆ちゃん」

彼女たちの会話から察するに、この老婆の名前はニーナで、大エルフはヒューレと言うらしい。

「アンタとまた会えるとは思わなかったよ。長生きはしてみるもんだね」

がっはっはとまるでドワーフみたいに豪快に笑う老婆に、今までほとんど表情を変えなかったヒューレの顔にも微《かす》かに笑みが浮かぶ。

そのやり取りを見ていると、二人の仲のよさが伝わってくるのだ。

「昔プレゼントしたあの実は、まだ残ってる？」

「ああ、あれね。お酒の肴《さかな》に丁度よかったから、ほとんど食べちまったよ。少しだけ残ってた分は、この前孫《まご》にあげちまったしね」

「実はお土産にまた持ってきた。けど、大渓谷で落としてしまった。無念」

その時、今度はバタラとラファムが医務室にやってきた。

「バタラ様をお連れしました」

ラファムは先ほどニーナが勢いよく開けたせいで壊れかけている扉を怪訝な顔で見ながら、軽く頭を下げる。

バタラは申し訳なさそうな顔で僕に一礼したあと、談笑《だんしょう》するニーナを見て「お婆ちゃん！」と声を上げた。

「お婆ちゃんって……やっぱりこの人がバタラのお婆様なのか」

ヒューレとの会話を聞いているうちに、そうではないかと思っていたが、こんな豪快な老婆がバタラの祖母だとは。

どちらかと言えば大人しめなバタラとは似ても似つかない。

彼女は顔を赤らめて頷く。

「ええ、前にお話しした祖母です……領主館までは一緒に来たのですが」

玄関でラファムからヒューレの居場所を聞いた瞬間、脱兎《だっと》のごとく駆け出していったらしい。

よっぽどヒューレと会いたかったのだろうか。

「今まで何度かバタラの家に行ってるけど、一度も会ったことがなかったから最初はだれかと思ったよ」

「お婆ちゃん……祖母は母の兄の家に住んでいますから」

バタラから話を聞いている間、ニーナとヒューレは久々の再会でかなり盛り上がっている様子だ。

先ほどまで意識がなかったとはとても思えないほど元気なヒューレを見ながら、僕はメディア先生に一応尋ねる。

「安静にさせておかなくていいんですか？」

「あれだけ大量のエールを飲ませてたくせに、今更心配してどうするんさね」

呆《あき》れられてしまった。

確かに。

ついつい頼まれるままにサボエールを出し続けていたが、彼女は病《や》み上がりだった。

「少し軽率《けいそつ》でした」

「まぁ、見る限りまったく問題なさそうだし、いいんじゃないかい。あの子は嘘だと言ってたけど、大エルフってのは本当にお酒をエネルギーにしてるのかもしれないねぇ」

頃合いを見て僕はニーナとヒューレ、そしてバタラを連れて応接室に移動した。

込み入った話をするには、扉が破壊された医務室では落ち着かなかったからというのが理由だ。

一応ヒューレの容態《ようだい》はメディア先生に診《み》てもらい、移動の許可はもらってある。

「あれだけ元気に飲んで喋《しゃべ》ってるんだ。ま、問題ないさね」

メディア先生は自分の役目は終わったとばかりに白衣を脱《ぬ》ぎ棄《す》て、試験農園に戻っていった。

応接室に行くと、ラファムが先回りしていて全員分のストロティーを用意していた。その後、彼女はルゴスに医務室の扉の修理《しゅうり》を頼みに行くと言って退室する。

ストロティーの酸味を帯びた甘い香りが応接室を包み込む中、僕はヒューレから話を聞くために口を開く。

「まずは自己紹介をしておこう。僕はシアン＝バードライ。この地、エリモス領の領主だ。さて、ヒューレはなぜ砂漠で行き倒れていたんだ？」

まずは当然その話からだろう。

すると、僕の言葉にニーナが真っ先に反応した。

「あんた、また行き倒れてたのかい？　まったく、学習しない娘だね」

ヒューレは少し頬を膨《ふく》らませつつ反論する。

「それは違う。前回は川で遊んでいたら流されて、そのせいで道に迷っただけ。今回は計画していた」

道に迷った結果、大渓谷と砂漠を越えてこの町までたどり着くというのはある意味で凄い。

それにしても、ヒューレの口調は、まるでふらっと散歩に出かけて少しだけ道に迷った程度のような言い方だ。

もしかしたら人間の何十倍も長く生きるというエルフの感覚は、僕たちとはまったく違うのかもしれない。

とりあえず、僕は話を進めることにする。

「計画していたって、どういうことなのかな？」

「今回は万全を期して実行した、完璧な家出」

「家出？」

「そう。もう私はエルフの森には戻らない。きちんと書き置きも残してきたから大丈夫。完璧」

そう言って胸を張るヒューレ。

ニーナは彼女を呆れた表情で見る。

「家出ってあんた、もういい歳《とし》だろ？」

「ニーナ、それは禁句《きんく》。女性に年齢の話はだめだって聞いた」

「女同士で何言ってんだか。とにかく、どうして家出なんかしたんだい？」

話の主導権《しゅどうけん》をニーナに奪《うば》われてしまった。

まぁ、ここは初対面の僕よりも顔見知りのニーナに任せた方がよさそうだ。

僕は黙って二人の会話を聞くことにする。

「この前、里で族長会議があった」

族長会議とは、エルフが何か物事を決める時に、その里で選ばれた有力者数人が集まって行われる会議だ、とヒューレは教えてくれた。

その会議によって決定された事項は、里の総意とされるらしい。

「結果、私は里にいるダメ男の中から結婚相手を選ばなきゃいけなくなった。だから家出した」

「里のエルフの中には好きな人とかいなかったのかい？」

「いない。全員却下。昔の大エルフもロマンスを求めて旅立ったと聞いた。私も同じようにロマンスを求める」

簡単に話をまとめると、無理やり結婚相手を決められそうになったから逃げてきたってことか。

気持ちはわからないでもないが、なんとも反応に困る動機だ。

「唯一のミスが、荷物を大渓谷に落としてしまったこと」

「その段階で引き返した方がよかったんじゃないかい？」

「それはできない。初志貫徹《しょしかんてつ》の精神。そもそも前に大渓谷の橋を渡った時には、あんな大岩はなかった。計画外」

彼女はエルフの里を抜け出したあと、以前使ったことのある水路橋を渡って、こちらまで来るつもりだったのだそうだ。

そういえば王国が大渓谷の開発を進めていた時の資料に、人が五人ほど横になって歩けるくらいの幅《はば》がある、丈夫な橋が対岸まで続いていたと書かれていた。

しかし橋の上には対岸の川の水が流れ込んでおり進みづらく、更に周りには強力な飛行型魔獣が多数生息していたために、王国の開発部隊では渡ることができなかったらしい。

そんなところを彼女はたった一人で渡ってきたのだという。

「大渓谷を渡る最中に飛行魔獣に襲われたりしなかったのか?」

僕が尋ねると、ヒューレは一切表情を変えないまま答える。

「あいつらは大エルフを襲わないから問題ない」

それは魔獣が大エルフの力を恐れてなのか、それとも他に理由があるのか。

詳しく聞いてみたが、ヒューレにもそこまではわからないらしい。

さて、彼女は前回と同じように水路橋の上を氷魔法で作った船で渡るつもりだった。

だが今回はその途中に、前回はなかった大岩が橋を塞いでいたせいで衝突《しょうとつ》しかけ、危うく大渓谷に落ちるところだったとか。

それでもなんとか渡り切った彼女だったが、荷物を落としてしまい、その中には地図も入っていたために道がわからなくなったという。

しかし、ヒューレにはそこで引き返すという選択肢はなかったらしい。

「適当に歩けば着くと思った。前もそうだった」

あっけらかんと告げる彼女に、その場にいた全員が何も言えずにいると、彼女は自慢げに胸を張る。

「思った通りちゃんと着けた。計画通り」

「「全然計画通りじゃないでしょ!!」」

ヒューレ以外のみんなの心が一つになった瞬間だった。

　僕は気を取り直すために一つ咳払いしてから、ヒューレとの会話を続ける。

「ごほん、ともかく家出してきたというのはわかったけど、この先どうするかは考えてるのかな？」

「……成《な》り行き任せ？」

　首を軽く傾げて答えるヒューレ。

　まさかの無計画である。

「完璧な計画を立てたって言ってたよね」

「うん、完璧だった。その証拠《しょうこ》として、誰にも見つからず森を出てこの町にたどり着いた」

　たどり着けたのは幸運のおかげであって、計画がうまくいったわけじゃない。

　そう言いたいのをこらえ、僕は確認する。

「つまり、この町にたどり着くまでしか計画してなかったってこと？」

「さすが領主をしてるだけはある。その通り。これから先の計画はニーナの家で考える」

　しばしの沈黙がその場を支配する。

　完全にノープランと来たか。

　ニーナは困ったように言う。

「あたしの家って言っても、あそこはもう息子たち夫婦の家だからねぇ。部屋もないし、ヒューレが泊まれる部屋はないよ」

「そうなの？」

「それにアンタ、人間には極力関わらないって言ってなかったっけ？」

「そんな掟《おきて》は森に置いてきた。この先のロマンスを求める旅には邪魔《じゃま》だから」

エルフの掟って、そんなに簡単に置いてきていいものなのだろうか。

ヒューレは言葉を続ける。

「ロマンスを求める、様々な人間と会話することは必須《ひっす》」

「エルフ以外がいいんだ？」

「エルフの男はどいつもこいつもロマンス力《りょく》が足りない。論外《ろんがい》」

ロマンス力ってなんだよ。

まぁ、詳しく聞いても意味はなさそうだ。

「それじゃあヒューレは、この町の人たちと交流したいって言うんだね？」

「もちろん。前は掟を気にしてニーナとしか話せなかった。ニーナ相手にロマンスは無理」

となると、この町の人たちはドワーフに続いてエルフとも関わることになるのか。

彼らは現在ドワーフと既に交流しているので、エルフが加わっても大きく驚くことはないだろう。

僕はしばらく考え、こう口にした。

「それじゃあヒューレが新しい計画を立てるまでの間、領主館の一室に住むってのはどうかな？」

もちろん僕にも打算はある。

大渓谷を越えてきたヒューレには、向こう側のことをもっと聞かせてほしいのだ。

いつかは僕自身も大渓谷を越えてみたいと思ってもいる。

その際、エルフ族とも関わり合うかもしれない。情報は必要だ。

それに、ヒューレは卓越《たくえつ》した魔法の腕を持つ。

彼女の力は、この町にとって有益になる可能性が高い。

僕は領主として、そんなチャンスを逃すわけにはいかない。

「さすが領主。話がわかる。ぜひそうさせてほしい」

ヒューレは嬉しそうに言って、手のひらを前に突き出した。

すると、ニーナが椅子から立ち上がってこちらに近づき、僕の手を無理やり前に引っ張った。

「ほら、領主さんも手を出してヒューレの手と合わせるんだよ」

手のひらを合わせる行為は、エルフにとっての握手というわけか。

「じゃあヒューレ。できるだけ長くこの町にいてくれると嬉しい。これからよろしく」

僕は自分の手のひらをヒューレの手のひらと重ねる。

「了承《りょうしょう》した。できるだけ長くいる。約束」

こうして、デゼルトの町に大エルフのヒューレという新しい住人が加わることとなったのである。

◇　◇　◇

大エルフのヒューレが住民に加わった翌日のこと。

朝からルゴスが申し訳なさそうな顔で僕の私室にやってきたと思ったら、予想もしてなかったことを告げた。

「えっ、ビアードさんがこの町に住みたいって？」

「ああ。それで、シアン坊ちゃんに移住の許可をもらいたいんだとよ」

彼の父親であるビアードさんがこの町に早々にやってきたのは、そのためだったらしい。

あの大量の荷物は、引っ越しのために持ってきた家財一式だとか。

ルゴスは話を続ける。

「家は空《あ》き家を売ってもらったら改築して住むし、なけりゃ土地だけあれば自分たちで建てるとか言ってましてね。まぁその時は俺も手伝いに呼ばれるんだろうけどな」

「なるほど」

僕としては、断る理由は一つもない。

「まったく。そういう許可は来る前に連絡入れて取っておくもんだろうがってな。そのことで昨日、また喧嘩《けんか》しちまったよ」

そう言いながらもその話を持ってきたということは、結局ルゴスとビアードさんは仲直りしたのだろう。

「僕は別にかまわないけど。町の人たちもドワーフがいてくれたら色々助かるだろうしね」

手先が器用で、鍛冶《かじ》や建築、そしてもの作りが得意なドワーフが町に住んでくれるのは、大きなメリットだ。

「ありがとよ。それじゃあ早速オヤジに伝えておく。あと住む場所については、この前来た時に目を付けてたところがあるらしくてな。坊ちゃんさえよけりゃそこを希望したいとのことだ」

前回、この町へ来た時からビアードさんは移住を考えていたらしい。

「町の北の外れに一軒だけ他の家から離れた空《あ》き家があったろ。そこなら鍛冶の音とかで町の人たちに迷惑かからねぇんじゃねぇかってな」

ビアードさんが言っているのは、何年も前に居住者がいなくなって、手入れもされず放置されているボロ家だ。

「どうせ誰も使ってないし、別にいいんじゃないかな。でもあの家はかなり痛んでたはずだけど」

「ま、それに関しては大丈夫でしょうぜ。ああ見えてオヤジは大工としても腕がいいしな……俺には及《およ》ばねえが」

そのセリフからは、父親には負けないというルゴスの意地が読み取れる。

確かにルゴスの言う通り、ドワーフなら家一軒を再建するくらい容易《たやす》くやってのけそうだ。

「あと、資材についてもこっちから何かを用意するとかはしなくてもいいと思いますぜ。俺には使えねぇけど、オヤジは土魔法で足場なんかを作れるし。あの力だけはうらやましくて仕方ねぇ」

「確かにドワーフの土魔法は見事だったね。僕はゴーティさんの魔法しか見てないけど、他のドワーフも同じくらいできるの？」

「ゴーティのオジキは、ドワーフの中でも飛び抜けてるからな。あんま参考にはならねぇ」

そうなのか。

ゴーティさんは城壁《じょうへき》レベルの土壁を一瞬で作り出していた。

さすがのドワーフでも、全員があれほどの力は持っていないらしい。

「大体のドワーフは、ゴーティのオジキの半分くらいのレベルだと思うぜ」

「半分……それでも十分凄いよ」

僕はあの日見たとんでもない土魔法を思い出しながら、ため息をついた。

「あと、住まわせてもらえる場所を融通《ゆうずう》してもらった代わりと言っちゃあなんだが、親父たちに何か頼みたいことがあるなら言ってくれってさ」

「本当かい？　実は、一つ頼みたいものがあるんだよね」

僕はルゴスに、ドワーフの協力を得て作りたいと思っていたものの話をする。

とりあえず大雑把な内容だけ伝えてもらい、細かい話はまたあとでビアードさん本人と打ち合わせすることにした。

その後バトレルを呼んで、正式にビアードさんがこの町に住むために必要となる書類を用意してもらい、ルゴスに手渡す。

ルゴスは書類を受け取りながら言う。

「まぁ正直、オヤジが近くに住むのは煩《わずら》わしいけどよ。あんな酒飲みでも確かな技術は持ってっから、この町の発展にはかなり役に立つと思いますぜ」

「ああ、期待していると伝えておいて。あとさっき話したこともね」

「任せときな、坊ちゃん。ドワーフって奴はいつも酒と同じくらいもの作りに飢《う》えてるから、きっと話に乗ってくれるでしょうよ」

そこまで話してから、ルゴスは何か思い出したのか話題を変えた。

「あ、そういえばあのタージェルっていう商人のおっさんも、オヤジに何か色々頼んでました ぜ」

「タージェルが？　そういえばドワーフに自分を紹介してくれって言われてたのを忘れてたよ」

昨日はヒューレのことでバタバタしていたせいで、すっかりタージェルのことを失念していた。

聞くところによると、彼は昨日あれからドワーフたちの宴席に交ざっていたのだとか。

「あの人も結構イケる口だったから、昨日の酒の席でオヤジもかなり気に入ってな。なんか最後には十年来の友達みたいだったぞ」

「へぇ……」

タージェルは酒豪なのか。なんか意外だ。

今日町を出る予定のはずだけど、もし二日酔いになっていたら、馬車の旅が大変になりそうだ。

「まぁ、彼が悪いことをするとも思えないし。別にいいんじゃないかな」

「そうだな。俺も心配しちゃいないけどよ。一応伝えとこうと思ってな。それじゃあオヤジのところに行って、この書類を書かせてきますぜ」

彼はそう言うと、渡した書類をひらひらとさせながら部屋を出ていった。

「坊ちゃま。嬉しそうでございますね」

書類を持ってきてくれたあと、傍《かたわ》らで控えていたバトレルが声を掛けてくる。

知らぬ間に頬が緩んでいたのだろうか。

それとも、心を見抜かれたのかもしれない。バトレルとは僕が生まれてからずっと一緒にいるのだから、なんでもお見通しなのだろう。

「いや、最初この町に来た時は、誰も彼も沈《しず》んだ表情をしてたのになって思ってさ」

「一番沈んだ顔をしていらっしゃったのは坊ちゃまでした」

「ははは……確かにその頃は落ち込んでいたけどね」

でも気がつけば、みんなの顔に笑みが浮かぶようになり、町の空気も変わっていった。

そしてドワーフやエルフ、魔獣まで町の一員に加えることもできた。

まぁ、シーヴァは町民かどうかは微妙だけれど。

今この地は、ゆっくりとだけど衰退《すいたい》から繁栄《はんえい》へ向かい始めたと思っていいだろう。

「バトレル、僕は今凄く楽しいんだ」

「楽しい……ですか?」

「ああ。領主として人々を幸せにするため働くことも、もちろん楽しい。だけどそれだけじゃなくて、今まで僕が知らなかった色々なことを知れることがさ」

だから僕はつい頬を緩めてしまったのだろう。

僕は大渓谷がある方角に目を向けながら話を続けた。

「ドワーフや大エルフの話を聞いて、大渓谷の向こう側には僕たちの知らない様々なものがあると知った。彼らの力を借りれば、僕は大渓谷を越えた人類史上初の人間になれるかもしれない。そしてそこには僕がまだ知らない何かが待っている。そう考えると、ワクワクしてくるんだよ」

昔師匠から見せてもらった、ある冒険者の自伝に書いてあった一節を思い出す。

『この世界には、未だ誰もたどり着いていない場所が無限にある。そこに最初にたどり着くのは、私でありたい』

そうだ。

大渓谷を越えて、向こう側の景色を最初に見るのは僕でありたい。

「その時は私もお供いたします」

「ああ。見たことのない世界を一緒に見よう」

僕はそう返事すると椅子から立ち上がる。

「さて、そろそろタージェルが出発する頃かな。見送りに行かないと」

「既に準備はできております」

「さすがだね」

僕はバトレルが用意してくれた上着《うわぎ》を羽織《はお》り、部屋を出る。

タージェルに託した作物は、かなりの高値で売れるだろうという自信がある。

彼が次に来るまでに、町の人たちに協力してもらって農園を広げておかなければならない。

そしてドワーフたちに協力してもらって作りたいものもたくさんある。

ヒューレが他にどういう魔法を使えるのかも確認しておきたい。

「これからもっと忙しくなるな」

「それは結構。ですが無理のない範囲で頑張ってくださいませ、坊ちゃま」

「わかってる。今は倒れている暇なんてないからね」

開放された【聖杯】の新たなる力、『神コップ』。

シーヴァから聞かされた魔力の真実と、その魔力を引き出すことのできる女神像。

そして新しく住民となったドワーフに大エルフ。

新たに手に入れた力と、頼もしい多くの人材をどう生かしていくのか。

それを考えるだけで、僕の胸は高鳴るのだった。

第二章　平和な日々と未来への架《か》け橋と

僕はベルジュちゃんの両親が経営する宿屋に泊まるタージェルを見送りにやってきていた。

しかし案の定《じょう》と言うべきか、帰るために荷物を確認している彼の顔は二日酔いで真《ま》っ青《さお》だった。

「うえっぷ……」

吐きそうになっているタージェルを、馬車の御者《ぎょしゃ》台から息子のカルフが心配そうに見ている。

今回の行商には、前回と違いタージェルの娘のペドラと、奥さんのアマンテは付いてきていない。

そのためタージェルがドワーフと交流を深めている間、カルフは一人で客回りをしていたらしい。

大量の取引があるバタラの実家の雑貨屋や食材店、そして領主館などなど。

事前に指示された作業をこなす形だったそうだが、それでもまだ十二歳のカルフが一人でやりとげたことは凄いと思う。

聞けば、今までも父親が商談で忙しい時は代わりに町を回ることもあったとか。

「二日酔いなら今日は無理に出発しなくてもいいんじゃないか？」

タージェルの身を案じて僕が言うと、彼は弱々しく首を横に振った。

「そうしたいのもやまやまなのですが、既にもう予定の出発日を延ばしてしまっています し。数日遅れることもあると言ってはありますが、これ以上取引相手を待たせるわけにも いきませんので」

「伝書バードで連絡するのは？」

「それが昨日、うちの店に送る用の伝書バードの、最後の一匹を使ったばかりでして」

伝書バードは便利な通信手段だが、鳥の帰巣《きそう》本能を利用する性質上、一方通行という欠点がある。

しかも生き物なので、大量に持つことはとてもではないができない。

一応タージェルの店へ向かわせられる伝書バードはうちにも残っているのだが、それは本当の緊急《きんきゅう》用なので、今使うわけにもいかない。

結局僕は、タージェルの意思を尊重《そんちょう》することにした。

「それじゃあ仕方ないか。くれぐれも気をつけて帰ってくれ」

「ご心配をおかけしまして申し訳ございません。ですが馬車はカルフが運転しますし、シアン様のおかげで道も随分と整備されてきましたから、そう揺れることはありませんよ」

彼の言う通り、最近はここと隣町を繋《つな》ぐ道の整備を徐々に進めている。

その作業を行っているのが例の魔植物たちだ。

「これからどんどん交易品の数が増えるからね。安全な交易路を確保したいんだ」

僕はそう言ったあと、懐《ふところ》から小さな瓶《びん》を一つ取り出してタージェルに手渡す。

「行く前に、これを飲んでおくといい」

「これは?」

「二日酔いに効く薬だよ。メディア先生に頼んでもらってきたのさ」

「おお、助かります！　彼女の薬なら即効性もありそうですね。ありがたく飲ませていただきます」

タージェルは瓶の蓋を開け、中身を一気に飲み干した。

「ああ、なんだかスッキリしてきた気がします」

「それはよかった」

今、タージェルに渡したのは魔獣の血を混ぜた強壮剤《きょうそうざい》だ。

これは余談だが、魔獣の血は一部を除き人間と違って色が青い。

そして味にも香りにも生臭《なまぐさ》さがあまりない。

収穫祭の折などは、よく魔獣の血が入ったジュースが振る舞われる。

独特《どくとく》の癖《くせ》はあるけれど、飲みやすく、意外と美味である。

なお、魔獣の肉にはほんのり甘みがあって、こちらも美味しい。

ただ、普通の肉とは微妙に違う味わいなので、料理をする際は少し注意が必要らしい。

料理長のポーヴァルも最初の頃は、普通の肉と味が違うためにかなり苦労していた。

だけど今では味の違いを逆手《さかて》に取った美味しい魔獣肉料理を何個も考案して、町の人たちにレシピを公開して喜ばれている。

それどころか最近は料理教室を開き、自分の技術を領民たちに教え始めてもいる。

砂糖水飴のレシピといい、彼の料理に対する労力と熱意と技術は本当に感心するばかりだ。

そんなことを考えていたら、タージェルが荷物の確認を終え、別れを告げにやってきた。

「それでは、そろそろ出発しますね」

「何かあったらデゼルトへ向かう伝書バードで連絡してくれれば、できるだけ急いで人を送るよ」

人以外の可能性もあるけどねと、魔植物たちの姿が頭に浮かんだが、それは口にしないでおく。

「わかりました。その時はお願いします」

「些細なことでも遠慮しないでほしい。タージェルはこの町の生命線だからね」

タージェルは僕と最後に固く握手をして、馬車に乗り込んだ。

それを確認して、カルフがゆっくりと馬車を走らせ始める。

子供とは思えない手綱《たづな》さばきに、いつの間にか後ろにいた男が感心したように口を開いた。

「あの歳で完全に馬を操《あやつ》ってますね。あの子かなり才能があるんじゃないっすかね、坊ちゃん」

「うわっ、びっくりした……って、デルポーンか」

そこにいたのは僕の家臣の一人、馬丁《ばてい》のデルポーンだった。

馬を愛し、馬と共に生きるこの男は、馬がいるところにはどこにでも現れる。

彼は基本的に厩舎《きゅうしゃ》で過ごし、寝る時も馬たちと離れないので領主館では滅多に顔を合わせない。

「最近、あまりにも姿を見ないから存在を忘れかけてたよ」

「そんなぁ……酷いですぜ、坊ちゃん」

「まぁ冗談だけどさ。そんなことより丁度よかった。デルポーンに聞きたいことがあったんだ」

「なんすか?」

「デルポーンの馬たちは、砂漠を駆けることができるのかなって思ってさ」

「さすがにここいらの砂の上は、歩くことはできても走るのは無理っすね。ただ、砂がある程度固められていれば、それなりの速度は出せますよ」

「なるほど……」

以前聞いたタージェルの話によれば、デゼルトとの交易から他の商人たちが手を引いた理由の一つに、馬車でこの町までやってくる難しさがあるのだという。

特に砂が厄介《やっかい》で、油断をするとすぐに馬車の車輪《しゃりん》が埋まってしまい、脱出するのにかなりの労力と時間を使わなければならない。

元々この町で生まれ育ち、砂上を移動することに慣れているタージェルですら、交易をやめようかと思ったこともあるという。

いくら魔植物たちに交易路を整備してもらっても、時間の経過によって砂が降り積もってしまったら、また馬が走れなくなる。

砂の侵入《しんにゅう》を防ぐ手段も考えなければならないな。

とはいえ、それについてはドワーフたちに相談すればなんとかなるのではと思っている。

だが、整備されていない道を速く移動できる交通手段もほしいところだ。

「デルポーン。もしかしたら近いうちに馬を借りることになるかもしれないから、元気そうな馬を一頭選んでおいてくれないか」

「馬をですかい？　この地でやっと、俺っちの本業が役に立つんですね」

「あと、できれば人見知りしない子をお願いするよ」

「合点承知《がってんしょうち》」

僕はタージェルの馬車が見えなくなるまで見送ると、デルポーンが散歩に連れ出していた馬に乗って領主館へ戻ることにした。

せっかく立派な馬を連れてきたというのに、ここでは存分に走らせてやることもできない。

「もう少しだけ辛抱してくれ」

そう言って馬の首を軽く撫でてやる。

乗馬なんて久しぶりだったが、実家でみっちりと仕込まれたおかげで乗り方は体が覚えている。

タージェルが次にやってくるのは約一月後。

それまでにやるべき仕事はたくさんある。

「さて、何から着手しよう」

僕は領主館へ続く坂道を馬と共に上がりながら、これからの予定を頭の中で考えた。

「とりあえず今日は最初の予定通りヒューレからもう少し話を聞いて、彼女に何ができるかを把握するか」

昨日は結局、彼女の——大エルフの力についてはあまり詳しく聞き出すことはできなかった。

　というのも、詳しい話を聞く前にヒューレとニーナがドワーフたちの酒宴を知って、応接室を飛び出していったからである。

　その後はヒューレのために部屋と簡単な家具をバトレルに頼んで用意してもらったり、ルゴスから先日の収穫祭で飲み負けた相手が突然酒宴に乱入してきたから酒が足りなくなったと泣きつかれたりと色々あって、結局昨日はうやむやのままに終わってしまったのである。

「まさかルゴスの負けた相手がバタラのお婆ちゃんだったなんてな。あの人、本当に人間なんだろうか」

　独り言を呟きつつ厩舎に馬を帰し、領主館の中に入って階段を上る。

　ヒューレの部屋となったのは二階の角部屋である。

「扉が開けっぱなしじゃないか」

　廊下の先に見える角部屋の扉は、開け放たれていた。

　どこかに出かけたのだろうか。

　しかし領主館の中に不埒な輩はいないとはいえ、さすがに不用心すぎる。

　扉を閉めようと部屋の前に行ったが、僕は室内を見て固まってしまった。

「なんだ……これは」

部屋の中にはどこから持ってきたのか大きな酒樽が置かれており、近くの床にはジョッキが転《ころ》がってカーペットに染みを作っている。

更には至るところに食べかすが散《ち》らかっており、昨日ヒューレが来ていた服が無残《むざん》にも脱ぎ散らかされていた。

そして、部屋の主であるヒューレは……

「んがー、もう飲めない。許して。でも飲むぅ」

備えつけのベッドの上で、下着姿のままだらしない寝相《ねぞう》で惰眠《だみん》をむさぼっていた。

寝言を聞く限り、夢の中でも酒を飲んでいるらしい。

「……」

僕は無言で扉を閉め――

「ラファム！　急いで来てくれーっ！」

大声でラファムを呼んだ。

「坊ちゃま、お呼びでしょうか？」

僕の声が廊下に響いてから、ほとんど間を置かずラファムがやってくる。

僕が無言でヒューレの部屋の扉を指さすと、彼女はそれだけで理解してくれたらしい。

「かしこまりました」

ラファムは僕の脇を通り過ぎ、扉を開いた。

「これはまた」

日頃は表情を変えないラファムも、部屋の惨状《さんじょう》を見るなり顔をしかめる。

「申し訳ないんだけど、お願いできるかな？　一応女性の部屋だし、僕が掃除するわけにもいかないからね」

「はい。すぐに清掃作業にかからせてもらいます。少しの間、部屋の前でお待ちくださいませ」

「え？　ここで？　別にいいけど」

「それでは、早速かからせていただきます」

ラファムはそう言って、中に入って扉を閉じる。

僕は仕方なく廊下の壁に寄りかかってラファムを待つことにした。

「しかし、あの酒樽は一体どこから持ち込んだんだ？」

昨日の酒宴のために用意されたものだとは思うが、一体誰が二階のこんな端の部屋まで運んだのだろうか。

ヒューレの細腕では、とても運べるとは思えない。

ドワーフたちに頼んだのか、それとも魔法を使ったのか。

「ヒューレが得意なのは氷魔法だろうけど。氷で樽を運ぶ方法は想像できないな」

やはりドワーフたちに頼んだのだろう、と僕は結論づける。

「それにしても、一日もしないうちに部屋をあんなに荒《あ》らすとはね」

ヒューレがドワーフに負けないほどの大酒飲みであることは、ビアードさんやニーナの話で知っている。

だから酒を飲むなとは言わないいし、この先何か頼む時はドワーフたちと同じようにお酒で交渉《こうしょう》することになるだろう。

だけど、酒を渡すたびに部屋をあそこまで散らかされたら毎回掃除が大変だ。

彼女にはきっちり言い聞かせておかないと。

「坊ちゃま。終わりました」

ラファムが扉を開けて顔を出す。

あれだけ汚《よご》れていた部屋を、こんな短時間でどうにかできるものだろうか。

いや、ラファムならできるんだろうな。

僕は彼女の有能さを思い出しつつ、一言お礼を返す。

「ありがとう。世話をかけるね」

「いいえ。これも私の仕事ですから」

部屋の中に入ると、中は先ほどの惨状が嘘だったかのように綺麗に片付けられていた。

部屋の隅《すみ》に置かれた酒樽だけが、僕の見た光景が幻《まぼろし》でなかったことを物語っている。

窓は開け放たれており、酒臭かった部屋の空気が換気《かんき》されていた。

「さすがラファムだ」

「それほどでもございません」

カーペットの染みまで消え去っているが、一体どんなお掃除テクニックを使ったのだろう。

母親仕込みの掃除術だと、ラファムから昔聞いたことがある。

一度会ってみたいとは思っているのだが、ラファムはその時以来母親の話をしなくなったので、詳しく聞けてはいない。

「うるさい。安眠妨害《あんみんぼうがい》」

見違えるほど綺麗になった部屋に感心していると、ベッドの方から不満そうなヒューレの声が聞こえてきた。

「やっと起きたのか」

僕は声のした方向へ視線を移動させかけ――

すぐに顔をそらす。

なぜなら、ヒューレが下着姿だったことを思い出したからだ。

「坊ちゃま。少しお待ちください」

ラファムは僕の横を通り過ぎて視界の端から消えた。ヒューレのもとに向かったのだろう。

いる。


「ん？　あなたは確かメイドの」

「失礼いたします、ヒューレ様」

それから間もなくして、「シアン様、もうよろしいですよ」と後ろから声がかかった。

僕が振り返ると、ヒューレが昨日と同じ服を着ていて、ベッドの上で謎のポーズをしている。

「私、着替え完了」

さすがにゴミまみれの床に散らばっていた服を着せたわけではないと思うが。

同じ服を何着か持ち歩いていたに違いない。

「一瞬で着替えさせるとは。恐るべし、メイド」

「仕事ですから」

「明日からはもっと簡単に着替えさせてもらえるように、全裸《ぜんら》で寝ることにする」

「それはおやめになった方がよろしいかと」

「もちろんエルフジョーク。それよりも朝の一杯を所望する」

ヒューレはベッドの上に座り直したあと、どこからかジョッキを取り出して僕に差し出してくる。

一体どこに隠し持っていたんだ？　と一瞬思ったが、深くは考えないことにする。

僕はすぐに【コップ】を出さず、先に話をすることにした。

「その前に、色々聞きたいことがあるんだ。それに答えてくれたら、『一杯だけ』出してもいいよ」

「なんでも答える。早く言って」

かなり食い気味にジョッキを突きつけてくる彼女に気圧《けお》されながら、僕は質問した。

「まず……あの酒樽はどこから持ってきたの？」

「ドワーフどもが酔い潰れたあと、宴会部屋から持ってきた。もったいない精神」

「あんなに大きな酒樽をどうやって？　まさか君が背負ってきたわけじゃないよね？」

「そんなの簡単。収納魔法で一旦収納して、部屋に着いてから出しただけ」

収納魔法？

そんな魔法は見たことも聞いたことも……あった。

確か昔の貴族の中に、同じような力を女神様から授かった人物がいたはずだ。

名前だけ聞くと様々なものを出し入れできる便利な魔法みたいだが、実際はそうではなく、せいぜい大人が片手で持てる程度の量しか収納できなかったらしい。

だが、ヒューレは樽を自らの魔法で収納したと答えた。

つまり彼女は、女神様の加護もなしにその貴族より遥かに強力な収納魔法を使えるということか。

僕は彼女に続けて質問をする。

「収納魔法って、どれくらいの量を収納できるんだ?」

「限界まで試したことないからわからない。でも、酒樽十個くらいまでは隠したことがある」

隠したという単語に不穏《ふおん》さを感じるが、とにかくとんでもない量だ。

ん?

しかし収納魔法があるなら、なぜヒューレは――?

疑問に思い、彼女に尋ねてみた。

「どうしてそんな便利な魔法があるのに、家出の荷物は収納しておかなかったんだ? そうしていれば、大渓谷に落とすこともなかったろ?」

「ロマンだから」

「は?」

「大きな荷物を負《お》って旅をするのは、旅人のロマンだから」

なぜだか自慢げに胸を張るヒューレ。

この子の価値観は結構独特だよな、と思う。

僕には少々理解しにくいが、彼女にとっては譲《ゆず》れない部分でもあるのだろう。

その時、ヒューレがズイッとジョッキを突き出してきた。

「答えた。だから早くサボエールちょうだい」

「いやいや、まだ質問があるんだ」

「欲張り」

「頼むよ。もう少しだけだから」

僕は不満げなヒューレをなだめながら、更に質問をする。

「君は氷魔法以外にどんな魔法が使えるんだい？」

「収納魔法」

「それはさっき聞いたけど。他には？」

「ない」

「えっ」

「ない。その二つだけ」

少し待ってほしい。

僕が読んだ書物には、大エルフ（書物ではハイエルフという記述だったが）は風属性以外、様々な魔法を操ると書かれていた。

それが、氷魔法と収納魔法しか使えないだって？

てっきり、氷魔法以外にも多くの魔法が使えると思っていた。

「答えた。いい加減、サボエールを所望する」

僕は困惑しながらも【コップ】を出し、彼女のジョッキにサボエールを注ぐ。

途端《とたん》に喜色満面《きしょくまんめん》になった彼女は、昨日と同じように氷魔法で一気にエールを冷やすと一気に飲み干した。

やはり、彼女の氷魔法は凄い。

凄いんだけど、なんだかなぁ……

「美味しい。もう一杯！」

空《から》になったジョッキを差し出すヒューレの姿を見ていると、そんな常識外れの力を持っていることを忘れてしまいそうになる。

「一杯だけって言っただろ」

「領主はケチ。もう一杯くらい飲ませてくれてもバチは当たらない」

ともかく、ヒューレの力は氷魔法と収納魔法の二つだけであることは間違いなさそうだ。

彼女に嘘をつくメリットはないだろうし。

だけどその二つの力はかなり強力なものであることは間違いない。

できれば、その力を町のために使ってほしい。

何かよさそうな使い道はないものか……

しばらく無言で考えていると、ヒューレが不満げに唇を突き出す。

「領主は交渉上手。仕方がないから隠してた秘密を教えてやる」

「え？　秘密？」

そんなつもりはなかったのだが、教えてくれるというならありがたく聞いてみよう。

「ちょっと待っててほしい」

彼女の秘密とはなんなのだろうか。

そう思っていると、ヒューレは突然空中に黒い穴のようなものを出現させ、そこに手を突っ込んだ。

そして中から一つの四角い木製の箱を取り出した。

今のが収納魔法か。

実際に見ると、何もない空間からものが出てくるというのは、思っていた以上に不思議な光景だ。

「これ見て」

ヒューレが謎の木箱を僕に手渡す。

「これは？」

「それが、私の秘密」

僕は木箱をくるくる回して見てみる。

木箱の大きさは片手で持てるほどで、まるで宝石や指輪の入れ物のように思えた。

「宝石箱か何かなのかい？」

「違う。それは試作品の収納魔道具。私が作った」

「えっ、なんだって？」

「私が作った収納魔道具だって言った」

僕は改めて箱を見る。

これが魔道具だって？

しかもヒューレが作った？

「君は魔法を付与できるのか」

「大エルフだからこそ可能。我ながら天才だと思う」

魔法の付与は貴族の中でも一部の者しかできない特殊な能力で、女神様から授かる力の中でも希少《きしょう》なものだ。

それを彼女は可能だという。

「君は大エルフだから作れるって言ったけど、普通のエルフにはできないということかい？」

「無理」

ヒューレによると、普通のエルフは精霊であるシルフの力を借りて魔法を使っており、その力を付与することはできないのだそうだ。

しかし大エルフは、風以外の他属性を嫌うシルフとの契約ができない代わりに、自らの力で他属性の魔法を使うことができる。

「エルフは借り物の力。大エルフは自分の力。その差」

ヒューレは自慢げに言うと、僕の手から木箱を取り上げた。

「なるほど……つまり収納魔法だけじゃなく、氷魔法の魔道具も作れるってことだね」

「もちろん。けど、まだどれも試作段階」

「それじゃあヒューレ。君に作ってもらいたい魔道具があるんだけど、頼んでもいいかな？」

僕は、ヒューレにとある魔道具の製作を頼むことにした。

内容を告げると、彼女はその魔道具が出来上がるまでには相応の時間がかかること、それから謝礼《しゃれい》として定期的に酒を提供することを求められ、僕は全てを了承した。

「任された」

ヒューレは胸を張って言った。

その返答に満足し、僕は部屋をあとにする。

「泥船《どろぶね》に乗ったつもりで待つがいい」

扉を閉める間際《まぎわ》、彼女が口にしたそんな言葉に一抹《いちまつ》の不安を覚えながら。

◇　◇　◇

トンテンカンテン。

トンテンカンテン。

晴天の空に、工事の音が響き渡る。

町の外れにある何年も放置されていた空《あ》き家に、ルゴスの父であるドワーフのビアードさんが住むことに決まって十日ほど経った。

最初は家を修理した上で、必要に応じて増築《ぞうちく》していくのだろうと思っていたのだが、元の家の傷《いた》みが思ったより酷かったらしく断念《だんねん》。

こうなったら直すより建て直した方が早いと、建物の中を確認したその日からすぐドワーフたちは作業を始めた。ビアードさんが連れてきたドワーフは、彼の手伝い役とのこと。

彼らは建て直すついでに、鍛冶場も備えた工房も別棟で建てることにした。どうやらビアードさんは、この町で鍛冶の仕事をやるつもりらしい。

僕たちも手伝うことにし、遺跡に資材を調達しに行ったのが昨日のこと。ちなみに、その時のメンバーは僕とビアードさんと町の大工たち、そして酒を飲んでは寝るという自堕《じだ》落《らく》な生活をしていた駄エルフである。

遺跡に行く前、僕は一応シーヴァに許可を求めた。

その時のシーヴァの返答は、こういうものだった。

『遺跡にあるのは大体がもう必要なくなったゴミじゃから、勝手に持っていってもらってもかまわんのじゃ』

ということで遺跡の主からの許可を得た僕たちは、ビアードさんの指示で必要な分の資材を遺跡から運んできた。

その際に活躍したのが、駄エルフことヒューレである。

彼女の収納魔法は僕が予想していた以上に容量が多く、人の背丈の何倍もある巨大な木材も軽々と収納していた。

結局樽十個分どころか家一件分くらいの資材を詰め込むことができ、帰り道は大分楽をさせてもらった。

「まったく、大エルフってやつぁ俺たちから見ても規格外《きかくがい》だな」

「褒めても何も出ない。褒め言葉よりお酒が欲しい」

遺跡内でも、ビアードさんとヒューレはそんな会話をしていた。

資材集めのあとは、少しだけ狩りをして得た魔獣の肉を肴に、遺跡に行ったメンバーで簡単な酒宴を開いた。

前回の狩りからそれほど日を置いてないせいもあり、遺跡内の魔獣はまだ数が戻っていない。

あまり狩ると次回の収穫祭にも影響が出るということで、今回狩ったのは猪型《いのししがた》の魔獣二頭のみだった。

ちなみに酒宴は、本当ならたくさんの資材を積むために用意してきた大型馬車の荷台で町に戻る道すがら行われた。

結果、町に到着する頃には酒と馬車酔いで荷台は地獄絵図《じごくえず》となってしまったが、まぁ止めなかった僕が悪い。

さて、そんなことがあった翌日。

泉への注水作業を終え、バタラと一緒に工事現場の様子を見に寄ったのだが、ドワーフたちは前日の姿が嘘のようにけろっとして作業していた。

ドワーフの辞書に二日酔いの文字はないようだ。

現場から少し離れたところで休憩がてら仕事を見学していると、ビアードさんが何やらぼやきながら歩いてくる。

「やっぱり強度が問題だな。土魔法で固めちまってもいいんだが、魔法同士が干渉《かんしょう》すると鋼材《こうざい》に変な波動《はどう》がついちまうんだよなぁ」

僕は、遺跡から持ってきて椅子代わりにしていた石柱から立ち上がり、彼に駆け寄り声をかける。

「ビアードさん、何かあったんですか？」

「いやな。鍛冶用に作る予定の窯《かま》のことなんだけどよ。思ったより場所が取れそうなんで汎用性《はんようせい》の高い大きなやつを作ろうと思ったんだが、そうすると材料が足りねぇんだよ」

「それじゃあまた遺跡に？」

僕の言葉に、ビアードさんは静かに首を横に振る。

「必要なのはドワーフの村から持ってきたモンでな、あの遺跡にはないんだ」

「そうなんですか？」

「ああ。一応多めに持ってきてたんだが、ほとんど家の基礎《きそ》の修復《しゅうふく》とかに使っちまってよ」

「そうなんですか……僕にできることはありますか？」

何か力になれるのなら、なりたい。

そう思って尋ねると、ビアードさんは「丁度水も出してもらいたかったから、来てもらえるか？」と答えて元来た道を戻っていく。

僕は後ろにいるバタラに声をかけた。

「バタラも付いてくる？」

「もちろんです」

「それじゃあ行こうか」

僕はバタラの手を取って歩きだした。

「あっ……はい」

突然手を握ったせいだろうか。

バタラは少し驚いたような声を出すが、僕は気づかないふりをして「急ごう」と声をかける。

そのまま戸惑うバタラの手を引き、ビアードさんのあとを追う。

ビアードさんと現場の側まで行くと、彼は足下にある木製の四角い皿状の入れ物を指さし言った。

「この粉の上に、水をゆっくり流し込んでほしいんだが。俺がいいって言うまでな」

中を見ると、細かい粒子《りゅうし》の灰色をした粉が、皿の半分くらいまで入っている。

この粉の上に水を注げばいいのか。

確かにこれだけ細かいと、ゆっくり注がないと水の勢いで舞い上がってしまうだろう。

「これはなんですか？　砂……ではなさそうですけど」

僕は【コップ】を取り出しながら、ビアードさんに聞いてみた。

王国内では見たことがない。

「これはよ、コンタルってもんだ」

「コンタル……初めて聞く名前ですね。何に使うものなんですか？」

「これに水を混ぜ込むとドロドロになって、しばらく置いとくと乾《かわ》いて石みたいになるんだわ」

石？

この粉が石になる？

不思議そうにしている僕を見て、ビアードさんはニヤリと笑った。

「その顔は信じてねぇ顔だな。他にも石と石をくっつける接着剤にもできるし、色々なことに使えるもんなんだが……まぁとりあえず、実際に見ればわかるぜ」

「百聞《ひゃくぶん》は一見にしかずってやつですね。楽しみだな」

僕はスキルボードから【水】を選んで【コップ】を皿に近づけ、なるべく粉が舞い上がらないようにゆっくりと水を流し込んでいく。

コンタル全体に水が染み込んだあたりで、ビアードさんがスコップを取り出して中に突き刺した。

「そんじゃあかき混ぜるからよ。俺がストップって言うまで水を止めないでくれよな」

そう言って、ビアードさんはスコップでコンタルをかき混ぜていく。

最初は粒《つぶ》が目立ったコンタルだったが、ビアードさんがどんどんかき混ぜていくとドロドロとした半液体状のようなものに変わり始めた。

そしてある程度粒が目立たなくなった頃、「ストップだ坊ちゃん」とビアードさんの声がかかった。

「これで完成だ」

「こんなにドロドロなものが、本当に石になるんですか？」

「ああ。まぁ見てな」

ビアードさんは泥状《でいじょう》になったコンタルを、用意してあった小さめの入れ物に掬《すく》い取る。

それから近くに置いてあった四角い形の石を何個か持ってくると、その場で石同士を組み合わせ始めた。

一つ積んではその上にコンタルを薄く塗り広げ、更に石を積む。

そんなことを繰り返し、気がつけばビアードさんの背丈ほどの高さにまでなった壁が出来上がった。

なんの用途に使うのかを聞いてみると、どうやら例の窯を囲む壁の一部なのだとか。

窯自体がかなりの高温になるため、しっかりとした石の壁で正面以外を囲まないと建物が火事になるらしい。

「これで明日の朝にはがっしりと石同士がくっついて、並大抵のことじゃ壊れなくなる」

「固まるまで結構時間がかかるんですね」

「そりゃそうだ。コンタルの中の水分が飛ばねぇと固まらねぇからな。それにあまり早く固まると、それはそれで作業する時に困るだろ」

ビアードさんは笑いながら言い、今度は様々な形に加工された石を持ってきて僕の目の前に並べる。

「これが鍛冶用の釜の部品だ。この色々な形の石を組み合わせてコンタルで固めるわけだが、このコンタルが足りねぇ」

「さっき少し聞こえたんですけど、土魔法で固めちゃだめなんですか？」

「それがよ……土魔法で窯を作ると、微妙に土属性が付与されまうんだよ。普段使いする分には問題ないんだが、そうなると、土属性と合わない属性を持った武具や道具を作れなくなる。だから窯は無属性でなきゃいけねぇんだ」

なるほど、そういうことかと僕は納得した。

ドワーフらしいこだわりと言える。

「最初は小さな窯でもいいかと思ったんだけどよ」

ビアードさんは建設中の家と、僕が彼に提供した土地を見回して軽く肩をすくめる。

「せっかくこれだけの場所を用意してくれたんだし。本格的な鍛冶場を作った方がいいかと思ったんだが」

「作るために必要な量のコンタルが足りない……と」

「そういうことだ。とりあえず俺は今あるコンタルで、できる限りの大きさの窯を作るつもりだ。早くしねぇとこいつも固まっちまうからな」

ビアードさんは、ドロドロのコンタルをスコップでかき混ぜながら苦笑した。

……ドロドロ？

「待てよ？」

「どうかしたのかい、領主の坊ちゃん」

僕はコンタルを見ながら、今思いついた案を口にする。

「できるかどうかわからないですけど、少し試してみてもいいですか？」

「何を試すって？」

「シアン様、まさか……」

僕はバタラに頷いて、一度は消した【コップ】をもう一度出現させる。

そしてスキルボードを表示してからドロドロの中に差し込み、コンタルを掬い取った。

「おいおい坊ちゃん、何をする気だ」

「うまくいってくれよ」

そう。

僕がそんなことをしたのは、【コップ】でコンタルを複製できるのではないかと思ったからである。

砂糖水飴のような粘性《ねんせい》のある液体も出せるのだから、コンタルも同様に行けるのでは。

そして、その考えは正解だったようだ。

「シアン……様？」

僕は心配そうな顔で見ているバタラに小さく微笑みかけると、スキルボードを操作して、手にした【コップ】を逆さまにし魔力を流し込む。

すると――

「こいつぁ凄《すげ》ぇぜ、坊ちゃん！」

「やりましたね、シアン様！」

「ああ。成功だ」

【コップ】から大量のコンタルが、次々と皿の中に流れ出したのである。

それは僕の目論見《もくろみ》通り、【コップ】に【コンタル】が登録されたことを意味していた。

◇　　◇　　◇

「いやぁ、こいつはすげぇ便利だ」

ビアードさんは豪快に笑いながら、手にしたジョッキの中身を反対の足下の皿状の入れ物に流し込んでいた。

一体彼は何をしているのか。

それはジョッキから流れ出ているものを見ればわかるだろう。

その液体はサボエールのような黄金色《こがねいろ》ではなく、濃《こ》いねずみ色の液体……泥と見間違いかねないが、泥ではない。

そう、コンタルである。

【コップ】のリストに【コンタル】が登録されたあと、僕はすぐに随分と貯まっていた『幸福ポイント』を消費して『神コップ』を作製した。

そしてそれを渡したところ、「俺が握ったら潰れちまいそうだ」とのことで、普段使いしているジョッキの中に仕込んだというわけである。

「しかし魔力を流し込めばどれだけでもコンタルが出てくるとは、恐れ入ったぜ」

ビアードさんはジョッキを近くの石の上に置くと、僕の肩を大きな手で叩いて豪快に笑った。

彼は魔法を普段から使っているので『神コップ』の使い方はすぐに理解してくれた。

「そのジョッキだと見分けがつきにくいから、サボエールと間違って飲まないでくださいね」

「おう。あとでわかりやすく真っ赤にでも色を塗っておくさ」

ビアードさんは別に用意していたジョッキを豪快にあおる。

中身はサボエールではなく水。理由は、これからドワーフの命とも言われる窯作りを始めるかららしい。

僕のイメージだと、ドワーフは仕事中も酒を飲んでいる方が調子よくできると思っていたのだが、やはり酔いすぎると手元が狂うという。

そのため、緻密《ちみつ》な作業をする時は前日からアルコール断《だ》ちをすることもあるとか。

水の代わりに酒を飲むと言われるドワーフに、そんな習慣があるなんて知らなかった。

「さてと。それじゃあ早速窯作りを始めるか。坊ちゃん、あとのことは任せたぜ」

「もちろん。必要なものは準備しておきます」

僕はコンタルの『神コップ』を提供する代わりに、彼にとある工事をお願いすることにした。

なぜかというと、コンタルが量産できることがわかってから、ビアードさんが僕にこんなことを言ったからだ。

「坊ちゃんよ。大量のコンタルが作れるなら、これを使って町にきちんとした水路を作ってみちゃどうだい？」

彼はこの町への移住を心に決めたあと、物件を探すため密かに町中を歩き回ったらしい。

その際、かつて引かれていた水路の残骸《ざんがい》が、そこかしこにあることに気がついたのだ。

「今あるやつは全部撤去《てっきょ》して作り直した方がいい。残ってる部分も突貫《とっかん》工事で作ったような酷いもんだったしな」

ビアードさんは続けてそう言った。

デゼルトにある水路は、かつてこの町が大渓谷開発の最前線だった時に、急ごしらえで敷設《ふせつ》されたものと聞いている。

　魔道具を使って地下にある水源から中央の水場まで水を引き上げ、町の各所へ届けるために作られたが、開発部隊が撤退《てったい》し、その後の干《かん》ばつなどで水が出なくなってからは使われなくなったらしい。

　ちなみに地下水を汲《く》み上げていた魔道具は水場に取り付けられたまま放置されていたが、女神像を設置する際に取り外して領主館に保管してある。

　いつか水源が回復すれば、また使い道もあるだろう。

　さて、元々突貫工事の代物な上に長い年月ほったらかしにされていた水路は、とてもではないが今は使える状態ではない。

　しかし女神像と【水】の『神コップ』のおかげで枯れ果てていた水場が復活した以上、いずれ水路も整備したいとは日頃から考えていた。

　一応、溢れそうな水を泉へ流す簡易的な水路は、町の大工に頼んで作ってはもらったものの、資材も技術も乏《とぼ》しかったためにそれくらいが限界だった。このままではいつになったら町全体に敷設できるかわかったものではない。

　ということで、僕としては彼らが協力してくれれば大変ありがたい話である。

「ドワーフが技術を教えてくれて一緒に作ってくれるってことですか？」

「それは任せてもらってかまわない。それに、水路は俺のためにも必要なんだよ」

「ビアードさんのため？」

「ああ。鍛冶ってもんには結構大量に水が必要になるからな。今の状況だと毎日でっかい樽を水場まで持っていって、汲んでこなきゃならねぇだろ？」

ビアードさんが僕に水路の提案をした一番の目的はそれらしい。

彼は気まずそうに髭を触りながら目をそらした。

「もちろん町の連中のためにっていうのも嘘じゃねぇぞ」

「わかってますって」

そこに関してはまったく疑《うたが》っていないのだが……彼はまだ居心地《いごこち》が悪いらしい。

しばしの沈黙のあと、ビアードさんは石の上に置いた『神コップ』が仕込まれたジョッキを見て口を開く。

「それにしてもよ。領主の坊ちゃんの神具は本当に凄ぇな」

「僕もこんなに色々できるようになるなんて思ってなかったから、驚いてますよ。だって最初は水しか出せなかったんですから」

成人の儀の日。

女神像の前で何度試しても、水しか出ないとわかった時。

あの時の絶望感《ぜつぼうかん》は、今思い出しても胃が痛くなってくるほどだ。

「でもよ。そのおかげで坊ちゃんはこの土地にやってくることができたわけだろ。ならよかったんじゃねぇか」

「まぁ、そうですね。でも当時の僕は大貴族の一員として、王国を中枢《ちゅうすう》から支えていくつもりだったんですよ」

あの日まで僕はその未来を信じて疑っていなかった。

大貴族家の跡取《あとと》りとして、女神様から優秀《ゆうしゅう》な能力を授かって国の未来をよくしていくのだ、と。

そして、そんな未来の僕の隣には、愛すべき伴侶《はんりょ》がいて――

「ヘレン……」

ビアードさんに聞こえないよう、小さな声で元婚約者《こんやくしゃ》の名前を呟く。

ファリソン家から一方的に手紙で婚約破棄《はき》を通達されてから、僕は結局一度もヘレンと会えなかった。

本人からの手紙すら、僕のもとには届いていない。

今まで何度もやりとりをした手紙の束《たば》は、今でも僕の部屋にある机の引き出しの奥にしまってある。処分してしまおうかと思ったこともあったが、結局捨てられずにいる。

たぶんもう、彼女は他の誰かと……

僕はそれ以上考えないように頭を振った。

何度も忘れようとした。

そして忘れたつもりになっていた。

だけどやっぱり、僕は彼女に未練があるのだろうか。

「どうした坊ちゃん」

突然黙り込んだ僕に、ビアードさんは心配そうに声をかけてくれた。

そうだ、今は過去を気にしている場合じゃない。

僕はもう、この地に住む領民の命を預かる領主なんだ。

過去は振り返らず、しっかり前を向いて進んでいかないといけない。

「いえ、なんでもないです。それじゃあ、あとはお願いしますね」

「おう、任せとけ。それと、援助《えんじょ》の件なんだが……」

「鍛冶工房が軌道《きどう》に乗るまでの間の資金援助と、お酒でしたね」

「おぅ。本当は自力で全部やりたかったんだけどよ、色々準備してるうちに金が足りなくなっちまってな」

ビアードさんは町に住むための当座の資金として、お金ではなく拳ほどの大きさの『金《きん》』を持参してきた。

ドワーフは王国で流通している貨幣を持っていないため、今までも町との交易は現物でやりとりしていたのだとか。

それをタージェルが先日来た時に買い取る形で現金化したのだが、遺跡では手に入らない材料を買い集めたり人を雇ったりしているうちに、あっという間になくなってしまったという。

ただ、宿代まで材料費に使い込んでしまったと聞いた時には驚いた。

「何か物を作り始めると、周りが見えなくなっちまうんだよな、ドワーフって奴は」

と、ビアードさんは笑っていたが、笑い事ではないと思う。

それにしても、大エルフに関する記述は不正確な部分が多かった我が国の書物だが、ドワーフに関してはほぼ内容に間違いがないのはなぜだろうか。

ともかく、僕はビアードさんからの頼みを承諾《しょうだく》し、援助をすることにしたのだった。

「とりあえず、宿屋の支払いはこっちで済ませておきました」

「ありがてぇ。最悪野宿も覚悟してたんだがよ」

「気にしないでください。それに先のことを思えば、今のうちから宿屋をちゃんと稼働《かどう》させておくのは町のためにもなりますし」

今後、町が発展していけば、近いうちに外から人がやってくることも増えてくるだろう。

その時になってから慌てて宿屋を増やし始めても、経験もないままでは十分におもてなしもできない。

幸いベルジュちゃんの宿屋は、両親が大渓谷開発時代以前から宿屋を経営しているベテランである。

先を見据《みす》え、宿屋に何人か見習いを雇ってもらうのもいいかもしれない。

ただ、今は客があまりに少ないために、従業員が幼いベルジュちゃんと両親だけでも時間を持て余している状態だ。

そのため、見習いの育成を実行に移すのはもう少し先の話にはなるが。

「それじゃ坊ちゃん。しばらくルゴス……息子を借りるぞ」

「ええ。今、彼に頼んでいる仕事はほとんどありませんし、存分に使ってくれてかまいませんよ」

「二人とも……何勝手なことを言ってやがんだ？」

僕とビアードさんがそんな話をしているところにルゴスがやってくると、呆れた声音《こわね》でそう言った。

「丁度よかった。ルゴスにはあとで水路工事について相談しに行こうと思ってたんだよ」

「相談って。もう俺が色々とやることは決定事項なんだろ？」

今回の水路事業は、今まで以上に大掛かりなものになるはずだ。

町の大工たちにも手伝ってもらうつもりだし、彼らにとってもドワーフの技術を身につける絶好《ぜっこう》のチャンスである。

ルゴスにはドワーフと町の大工たちのまとめ役を任せたいと思っていた。彼は双方から一目置かれている存在なので、円滑《えんかつ》に仕事を回せるだろうと思ったのだ。

「嫌かい？」

「嫌じゃねぇけどよ。どうせ親父が言いださなくても、水路の整備についちゃあ、そのうち俺がやることになっただろうしな」

「確かにそうだったかもね。それじゃあお願いするよ」

僕がルゴスに頭を下げると、彼はそっぽを向きながら少し照れたような顔をする。

「後世に残る最高の用水路を作ってやりますよ」

そして、そう言い切ったのだった。

◇　◇　◇

水路の工事が始まって数日後。

今日、僕は工事の視察のために、護衛役のラファムを連れて現場の近くにやってきていた。

「こらーっ！　またお前かーっ‼」

目的地の近くまで来た時、突然現場の方からそんな男の声が聞こえた。

何かと思い声のした方に目を向けると、一匹の犬が目の前の角から飛び出し、そのまま道を駆け抜けていった。

いや、それはただの犬ではない――シーヴァだ。

最近は領主館の敷地内で見かけないと思ったら、町で野良犬《のらいぬ》みたいなことをしていたようである。

自称・魔獣の王の威厳《いげん》はどこへ行ったのか。

まぁ、楽しそうなのでよしとしよう。

「シーヴァの奴。こんなところで何をやってるんだ」

「先ほどの怒鳴《どな》り声は、あの先からでしょうか？」

僕はシーヴァが何をしたのか気になり、ラファムと一緒に声のした方へ歩いていく。

シーヴァが出てきた道の角を曲《ま》がると、そこは目的地の現場だった。近くには、何人か顔見知りの大工の姿も見える。

ルゴスはいなかったが、大工たちはサボることもなく水路用の溝《みぞ》を掘《ほ》ったり、中に埋め込むブロックを作る作業をしていた。

水路用のブロックは、凹《とつ》形に組み合わせた木枠にコンタルを流し込んで固めて作るらしく、乾燥させている途中のものが道の脇に何個も並べて置かれている。

出来上がったブロックは水路のために掘られた穴の中に並べられ、合わせ目をコンタルで接着して完成となる。

最終的には全ての水路の上に蓋をする予定らしいが、今は作業中のため開けっ放し。ただ、このままだと町人が歩きにくいので、要所要所に出入りの不便にならないようコンタル製の丈夫な仮蓋がされている。

「お疲れ様」

僕は現場で働いている大工たちに様々な指示を出している人物を見つけ、歩み寄って声をかけた。

「おっ、領主様じゃないですか。今日はラファムさんとデートですかい？」

そう冗談を口にした彼はフォルマという老練《ろうれん》の男だ。聞けば、彼はルゴスから指名されてこの辺りの現場の監督《かんとく》をしているらしい。

彼に対し、僕も軽口で応える。

「そう見えるかい？　でも残念ながら今日は仕事でね。彼女は護衛で付いてきてくれたんだ」

「護衛ねぇ。そういや前にウチの若いもんから聞いたんですが、収穫祭の時に酔っ払いが調子に乗ってラファムさんの尻を触ろうとしたら、あっという間に伸《の》されちまったとか」

それ以来、ラファムは住民たちに一目置かれているのだ、とフォルマはなぜか嬉しそうに語った。

「僕はそんな話、聞いてないぞ」

後ろに控えているラファムを振り返ると、彼女はいつもの無表情を崩さぬまま。

「あの程度、報告するほどのことでもないと判断いたしました」

とだけ答えて、小さく頭を下げる。

「この町は顔見知りばかりだし、治安も悪くないから大丈夫だとは思うけどさ。それでもラファムも女の子なんだし。あんまり危ないことはしちゃだめだよ」

すると、僕の言葉にフォルマが反応する。

「その女の子に護衛をされてる領主様が言っても、説得力がねぇやな」

「ぐっ……僕だって一応護身術や剣術を習ったんだ。でも、とことんそちら方面の才能はないって教官たちに言われたから仕方なくだな」

思えば、それは辛い思い出の一つだ。

運動は決して苦手ではないが、なぜか戦闘技能だけはからっきし。

剣術の教官などは途中から僕への指導を諦め、姉上にばかり教えるようになった。

まったく剣の才能がなかった僕に対し、姉上はなんでもそつなくこなすので、教官に可愛がられていた。

教官も結果を出さないとクビになってしまうので、姉上に教えれば実績を残せると思ったようだ。

今となってはその考えも理解できるが、当時の僕はとても悲しかった。

僕は最終的に、「未熟すぎて自分の体を自分で斬りつけてしまう可能性がある」と父上に報告され、屋敷では剣を握ること自体を禁止された。

さすがに練習中にそんな間の抜けたことはしたことはなかったが、彼らとしても貴族の跡取り候補を怪我《けが》させては大変だと思った末の行動だったのだろう。

落ち込んでいた僕を慰《なぐさ》めてくれたのはバトレルであった。

「人には向き不向きというものがございます。坊ちゃまは人を殺《あや》める技能ではなく、人を生かすための技能に秀《ひい》でていると私には思えるのです」

あの時のバトレルは、本気でそう言ってくれたのだろう。

当時の僕は信じる気になれなくて流してしまったが。

僕が授かった【コップ】……いや、【聖杯】の力は、この領地に来て初めて本領を発揮した。

それはこの町の人たちを救うためだった。

僕の力は、あの日バトレルが言ったように、人を生かすためにあるのだと今なら思える。

「主のできないことを補佐《ほさ》するのが、私たち家臣の役目ですから」

ラファムはそうフォルマに答えると、話を変えるように彼に質問を投げかける。

「ところで、先ほど大きな声を出されたのはあなた様でしょうか？」

「大きな声？　ああ、そうだが」

どうやらフォルマが声の主だったらしい。

僕は彼に、先ほどの怒鳴り声とシーヴァについて聞いてみることにした。

「確か『またお前か！』って怒鳴り声が聞こえたあとに、うちのシーヴァが逃げていったけど。あいつが何かやったのかな？」

すると、フォルマは少し困ったような顔をした。

「実は最近、あの犬っころがおかしな遊びを覚えちまったらしくてなぁ」

「どんな遊びなんです？」

「それがよ……実際に見てもらった方が早いか」

フォルマは作業をしている部下に簡単な指示をして……

「まぁ、ちょいと付いてきてくだせぇ」

と言って歩きだした。

彼はそのまま十メートルくらい歩き、工事中の溝の横で立ち止まった。

「ここ見てくださいよ」

フォルマが指さした溝の中を見ると――

「足跡？」

コンタルで綺麗に整えられた水路の壁面《へきめん》に、くっきりとした犬の足形が何ヶ所も付けられていたのだ。

大きさと形からして、シーヴァのものに違いない。

というか、この町に犬はシーヴァしかいない。

正しくは犬ではなく魔獣なのだが、今はそんなことはどうでもいい話だ。

「シーヴァが付けて回っているのか？」

フォルマは困り顔で頷いた。

「そうなんでさぁ。あの犬っころは俺たちが綺麗にコンタルを塗ったのを見計《みはか》らって、それが固まる前に足跡を付けていきやがるんです」

「どうしてそんなことを」

「見つけた時に楽しそうにペタペタやってたところを見ると、固まりかけのコンタルのぶよぶよした感触が気に入ったんじゃないですかね。動物の考えてることなんざわかりませんが」

フォルマは「そのたびに塗り直さなきゃなんねぇんで大変なんですよ」とぼやくと、僕の顔を見る。

「領主様、なんとかしてくんねぇですか？」

「そんなことで工事が遅れちゃ敵わないな。わかった、なんとかしてみるよ」

「たのんます。それじゃあ俺は工事に戻るんで、また何かあったら声をかけてくだせぇ」

そう言い残して去るフォルマの背中を見送りながら、僕はラファムに声をかけた。

「ラファム」

「はい、わかっております坊ちゃま。あの駄犬《だけん》を捕獲すればよろしいのですね」

「頼む」

シーヴァはあんな犬のようなナリをしていても、一応魔獣の王と名乗れるほどの実力を持っている。

まぁ自称ではあるが、僕たちが束になっても勝てない遺跡下層の魔獣すら瞬殺《しゅんさつ》する力を持つのは確かだ。

だが、奴にも弱点はある。

それが何かと言うと……

「バタラ様や町の女性たちに協力してもらえば、すぐに捕《とら》えられるでしょう」

そう、ラファムの言った取り。

シーヴァは女の子のナデナデ攻撃に極端《きょくたん》に弱い。

そして一度撫でられ始めると、それが終わるまで奴は一切その場を動かなくなる。

ナデナデを求めて町の女の子たちを巡るのが、今のシーヴァの日課でもある。

フォルマの話によると、最近はそれに加えて工事現場に足跡を残す遊びもしているようだが。

試験農園に現れた時の威厳は一体なんだったのか、と時々思うことがある。

なお、シーヴァは男性からのナデナデは嫌いらしい。手を伸ばしても見事に避けるため、男連中にはあまり人気《にんき》がない。

　僕はラファムに告げる。

「それじゃあバタラの家に寄って作戦会議だな」

「またそうやって理由をつけて、バタラ様のところに行こうとするのですね」

「なっ、バタラの名前を最初に出したのはラファムじゃないか」

　そうして僕はラファムにからかわれながらバタラの家に向かい、シーヴァ捕獲計画を開始することになった。

　それにしても、僕がラファムに反撃できる日はいつか来るのだろうか。

◇　◇　◇

『こんな卑劣《ひれつ》な罠《わな》を使って我を嵌《は》めるとは、卑怯者《ひきょうもの》め！』

　僕の目の前で宿屋の娘であるベルジュちゃんに腹をもふもふされているシーヴァが、念話を送りつけてくる。

　ベルジュちゃんは、少しそばかすがある十歳の可愛いらしい赤毛の女の子。町の宿屋の看板娘である。

　ベルジュちゃんのナデナデ技術はシーヴァ曰《いわ》く町一番らしく、よく彼女に撫でられている姿が目撃されていた。

そのため今回シーヴァを捕獲するに当たってバタラに相談すると、真っ先にベルジュちゃんに協力してもらうのはどうかと提案してくれたので、早速彼女に協力を頼むことに決めた。

バタラは町の子供たちに時々勉強を教えたりしているらしく、丁度その日もベルジュちゃんが出席する勉強会があると言うので、同行させてもらうことに。

そこで事情を説明した翌日、大工たちから逃げ回って疲れたのか、癒しを求めてベルジュちゃんの前にふらふらと現れたシーヴァをそのまま捕獲してもらい、今に至る。

「シーヴァちゃん、ふわっふわー」

『うほぅっ』

ベルジュちゃんにお腹を猛烈にナデナデされたシーヴァは、尻尾を激しく振った。

念話で文句を言ったところで、この有様《ありさま》では説得力がなさすぎる。

バタラもベルジュちゃんの隣にしゃがみ込み、シーヴァの頭を撫でた。

「シーヴァちゃんの毛って見かけは硬そうなのに、触ると凄くふわふわなんですよね」

すると、シーヴァがまた念話を飛ばしてきた。

『我の毛の硬さは魔力を流す量で調整できるのじゃ。本気を出せば何者の刃も受けつけぬようにもなるぞ……むほぅっ、そこ、たまらんのじゃっ』

つまり、油断し切った今なら簡単に討伐できるということか。

『お主、何やらよからぬことを考えておらぬじゃろうな』

「いいや、全然」

「シアン様？　どうしたのですか？」

おっと、つい返事を口にしてバタラに変に思われてしまった。

シーヴァとの会話は、女性陣の前では頭の中で行わねば。

僕自身は念話は使えないが、なぜかシーヴァは僕の脳内で発する言葉を感知できるのだ。

未だに一部の人間以外には犬のフリをし続けるシーヴァに呆れつつ、僕は心の中で質問を投げかける。

『シーヴァ。聞きたいことがあるんだが』

『なんじゃ？』

僕はバタラの横にしゃがみ、恍惚とした表情を浮かべているシーヴァの目を見ながら脳内で尋ねる。

『どうして水路の作業現場にいたずらして回ってるんだ？』

『いたずら？　もしかしてマーキングのことか？』

『マーキング？』

『そうじゃ。マーキングじゃ。あの足跡を付けたところは、我の縄張り《なわば》りじゃぞ』

『勝手に水路を縄張りにしないでくれないか。それに犬のマーキングはそういう風にするものじゃないと思うぞ』

僕が言うと、シーヴァは少し愉快《ゆかい》そうに鼻を鳴らす。

『というのは冗談じゃ』

『やはり討伐した方がいいのかな』

『やめい！　お主らなんぞ本気になった我の前では、ドワーフの前に置かれたサボエールの未来くらい結果が見えとるわい』

よくわからないが、一呑みだと言いたいのだろうか。

目の前で未だに二人の女の子……いや、いつの間にかラファムも加わっているから、三人の女の子にもふもふされまくってもだえている様子からは信じられないが、シーヴァが本気になれば誰も敵わないのはわかっている。

『ふふん。怖《お》じ気《け》づいたか』

ドヤ顔を見せるシーヴァ。

『別にそんなことはないさ。ただ、シーヴァが僕たちを滅《ほろ》ぼしたら、女の子たちに撫でられることもなくなると思ってね』

『……それは嫌なのじゃ。仕方ない、本当のことを教えてやろう。むふぅ、ラファムは毎回いいところをついてくるっ』

『こっちとの会話に集中してくれないか。さっさと足跡なんかを付けて回っている本当の理由を教えてよ』

『実はのう。先日、いつものナデナデ行脚《あんぎゃ》の途中で、乾きかけのコンタルとやらが塗ってある溝に落ちてな』

ナデナデ行脚とはなんなんだ。

それに、落ちたって……

よほどの気持ちよさでふらふらしていたのだろうか。

そういえば、たまに町中でヨロヨロと歩くシーヴァを見かけることがあった。あの状態だと、そこまで無防備なのかと少し呆れながら話の続きを待つ。

『それで落ちた瞬間、肉球の裏にこう——えも言われぬ感触が伝わってきてのう。柔らかすぎず固すぎない、たまらん感触が癖になってしもうてな。妙な背徳感《はいとくかん》もあり、やめられなくなってしまったのじゃ』

シーヴァは前足をにぎにぎしながらそう言った。

その姿は事情を知らない者からすれば大変愛くるしく見え、女性陣は「かわいいっ」とテンションを上げる。

だが、僕はその仕草の意味を知っているので、冷めた目でシーヴァを見下《みお》ろす。

『はぁ……結局フォルマの予想通りだったというわけか。そんなくだらない理由で工事の邪魔をしちゃだめだよ』

『くだらないとはなんだ！　あの気持ちよさを体験すればお主も考えを改めるわ。一度味わってみるがいい』

『嫌だよ。手が汚れちゃうだろ』

シーヴァの提案を却下し、どうしたものかと考える。

しばらく考えを巡らせていると、一つの解決策を思いついた。

『これ以上いたずらをされても困るし、領主館の庭にシーヴァ専用のコンタル場を用意してあげようか？　それなら足跡を付け放題だよ』

『それは真《まこと》か？』

『ああ、必要な時に言ってくれれば、僕が新しいコンタルを流し込んであげるからさ』

『しかし、背徳感は少し薄れてしまうのう。大工たちから逃げるのは楽しかったのじゃが』

こいつ、本当の目的はそちらなのではないのか。

そんな疑いを持ちつつ、僕は渋《しぶ》っているシーヴァに対して切り札《ふだ》を切ることにした。

『この条件を呑めないのなら、僕は町の人たち全員にシーヴァへのナデナデ行為を一切禁止するお触《ふ》れを出すからね』

『…………わかった……もうしないのじゃ。追いかけっこは名残惜《なごりお》しいが、お主の言う通り、生乾《なまがわ》きコンタル場で我慢するとしよう』
『よし、約束を破《やぶ》ったらどうなるかわかるよな?』
『もちろんじゃ……』
こうして僕は数日後、領主館の敷地の一角に、シーヴァ専用のコンタル場を用意した。
……固まったコンタルの石板、処理が面倒そうだな。

◇　◇　◇

十日後。

この町に初めての鍛冶工房が完成した。

めでたいが特に式典をすることもなく、工事に関わった者たちで簡単な完成記念会を開いただけである。

明日からビアードさんはこの家に住む。

ちなみに、彼と共にやってきた他のドワーフ二人は、当面の間宿暮らしを続けるそうだ。

泊まっている宿がお気に召《め》したというのもあるだろうが、それ以上に彼らが帰郷《ききょう》を思いとどまった理由は、ベルジュちゃんの存在である。

ベルジュちゃんは、ドワーフたちによく懐いていた。ドワーフたちが「帰る」と言いだした時は涙を流したほどで、彼らはその涙を見てもうしばらく滞在《たいざい》することを決めたと、のちに僕に語ってくれた。

彼女は特に彼らの髭にご執心で、宿にいる時はよく触りに来るのだとか。そのため、ドワーフたちは毎日髭を綺麗に洗うようになったそうな。

それを知って僕も観察してみたが、確かに初めて見た時より艶がよくなっていた。

しかし……ベルジュちゃんの涙は本当の涙だったのか。

ひょっとすると、客を引きとめるための演技だったりして。

いや、そんなひねくれた考えはやめておこう。

とにもかくにも、ベルジュちゃんは将来立派な宿屋の店主になりそうだ。

さて、僕は現在、鍛冶工房の前でビアードさんに引っ越し祝いの挨拶をしていた。

「ビアードさん、工房の完成おめでとうございます」

「ああ、ありがとよ。領主の坊ちゃんがコンタルを大量に用意してくれたおかげで、最高の窯と家ができたぜ」

「いえ、お礼を言うのはこちらの方です」

コンタルを複製できたのは【コップ】の力だが、そもそもコンタルを持ってきたのはビアードさんだ。それがなかったら、水路の工事もまだ始まっていなかっただろう。

貴重な材料を持ってきてくれたビアードさんには、僕の方が感謝したいくらいだ。

そんなことを思いつつ、僕はビアードさんに言う。

「実は工房で作ってもらいたいものがあるのですが」

「おう、俺に作れるものならなんでも作ってやるぞ。代金も、坊ちゃんからの注文だったら手間賃《てまちん》だけでいいぜ」

「そういうわけには行きません。技術にはきちんと対価を払うべきだと僕は思っています し、そうしないといずれ技術を継《つ》ぐ人がいなくなって衰退してしまいますから」

「子供のようなナリをしているのに、難しいこと考えてんだな。おっと、『子供のような』は失礼だったか。なんせドワーフからしてみりゃ、髭が生《は》えてねぇと半人前に見えちまうからよ」

坊ちゃんはツルツルだからな、と大声で笑うビアードさん。

その背後で、ルゴスは微妙な表情をしていた。

彼はハーフドワーフで、無精髭しか生えなかった。そのことも彼がドワーフの村を出た理由の一つらしい。

ルゴスのことをビアードさんに言おうと思ったが、やめておいた。せっかく仲直りしたのに、また親子喧嘩を始めかねない。

「それで坊ちゃんが俺に作ってもらいたいものってなんだ?」

ビアードさんはそう言い、手に持っていたジョッキの中身を一気に飲み干した。

僕は返答の代わりに、懐から事前に用意していた一枚の紙を取り出し、ビアードさんに差し出す。

彼はそれを受け取ると、描かれていたものを見て目を丸くした。

「ほほう、こりゃたまげたな。この前少し見せただけだってのに」

「砂上靴《さじょうぐつ》でしたっけ。仕組みはわかりませんけど、形だけは覚えてました」

その紙には、ドワーフと初めて会った際に彼らが履《は》いていた『砂上靴』の絵が描かれていた。

文字通り砂漠で履くことを想定されて作られた靴であり、柔らかい砂の上でも足を取られずに歩くことができる。また、底にはボードが収納されていて、それを引っ張り出すと砂を滑《すべ》れるようになるのだ。

「しかしまぁ、よく描けているな」

「それはバタラが描いたんです」

「そういや坊ちゃんの絵は見られたもんじゃねぇって、前に息子がボヤいてたな」

ルゴスめ。

随分とストレートに言ってくれたじゃないか。

そう思ってルゴスを睨《にら》もうとしたら、どこかに消えてしまっていた。

まあいい。心の中の『お説教リスト』に加えておこう。

ちなみに『お説教リスト』にはルゴスの前にメディア先生が入っている。

昨日久々に農園に顔を出したら、あれほどもう増やさないようにと言っておいたのに、魔植物がまた増えていたのだ。彼女には明日、説教をするつもりである。

と、その話はあとにして……

今はビアードさんに頼む道具について、詳しく説明しないといけない。

「紙の裏を見てもらえますか？」

「裏？　……なんだこりゃ。一見すると砂上靴みてぇだが、人間が履くような形じゃねえな」

「実は、そんな形の、馬が履くことのできる砂上靴を作ってほしいんです」

「馬だと？　あの四本脚のやつか？」

ん？　なんか変な言い方だな。

「そうですけど……もしかして、ドワーフの村には馬がいないのですか？」

「ああ、いねぇな。それにあんなのを大渓谷に連れていったら、すぐ足の骨を折っちまうぞ」

ドワーフの集落は、大渓谷の中にある。

聞くと、渓谷の下は岩が転がっていて段差も多く、馬のような生き物には辛い環境なのだそうな。

それに重いものを運ぶにしても、ドワーフは馬よりも力が強い。

わざわざよそから捕まえてきてまで、運搬《うんぱん》用の動物を飼育する必要はないってことなのだろう。

ビアードさんは馬用砂上靴の絵を見ながら疑問を口にする。

「それで、なんでそんなものを作りたいんだ？」

「馬に砂上靴を履かせたら、この町近辺でも速く走れるようになるんじゃないかなと思いまして」

そう、以前デルポーンに聞いてから、ずっと考えていたことだ。

今でもゆっくりであれば、馬に乗った移動は可能だ。

馬車も車輪の代わりにソリを取り付ければ、整備されてない場所でも牽引《けんいん》はできる。

だが、それでは人の足より少し速いという程度の速度しか出ない。

今はそれでいいかもしれないが、この先農園の作物が増えて流通が盛んになっていくと考えると、道の整備とあわせて高速の移動手段も必要になるだろう。

そこで僕は、馬用の砂上靴を作って履かせたらどうかと思ったのである。

馬用の砂上靴の絵は、僕とバタラとデルポーンで相談して、設計図代わりに作製したものだ。

その話を聞いて、ビアードさんは首を捻りながらボリボリと頭を掻《か》いた。

「うーん、簡単に言うが坊ちゃん。たとえ作ったとして、獣が靴なんて履けるものかね？」

「馬は今でも蹄鉄《ていてつ》という金具を付けて歩いているので、似たような作りにすれば大丈夫だとは思うんです。それに……」

「それに？」

「うちには、こと馬に関しては右に出るものがいない専門家がいまして、彼に任せれば馬が砂上靴に慣れるまでの訓練も問題ないんじゃないかと」

馬の専門家とは、もちろんデルポーンのことだ。訓練のことは、彼も了承している。

この地で馬が活躍できるならと、かなり意気込んでいて、この計画を早く進めてくれと急《せ》かされたくらいだ。

ビアードさんは髭を撫でながら考え込み、やがてゆっくりと頷いた。

「わかった。試しに作ってみるが、うまく行かなくても知らねぇぞ」

「ありがとうございます」

「それと、三日くらいしたらその馬の専門家とやらに馬を連れてくるよう頼んでくれないか？　足の形とか、実物を見ながら色々設計したいからよ」

「もちろん伝えておきますよ」

「それじゃあ坊ちゃん。とりあえず前金代わりに高級果実酒を一杯もらおうか」

ニヤリと笑みを浮かべて、ビアードさんがジョッキを突き出してきた。

「契約成立ですね」

僕も笑顔で言うと、【コップ】を出して彼のジョッキに溢れそうなほど酒を注いだのだった。

◇　◇　◇

数日後の朝。

僕は最近の新たな日課になっているシーヴァ専用の遊び場へのコンタル流し込み作業を終えてから、ビアードさんの鍛冶工房へ向かう。

まだ本格稼働前で新しい窯の調整中らしいのだが、彼のもとには既に町の住民からの鍛冶依頼が何件も入っているらしい。

そして、この鍛冶工房にビアードさん以外の新たな顔ぶれが増えていた。

「いらっしゃいませ領主様。おやっさんは奥の工房にいます」

「呼んできましょうか?」

出迎えてくれたのは一人の若者と、壮年《そうねん》の男。

若者の名はジイカという名前で、バタラより少し年上と聞いている。

日焼けした肌と、ムキムキではないが鍛《きた》えられた体、そしてツルツルに剃《そ》り上げたスキンヘッドが特徴である。

外見のおかげで、町の子供たちからはかなり怖がられているらしい。

もう一人の男はザワザ。

かつてはかなり腕のいい大工だったらしいのだが、狩りの時に仲間をかばい、膝に魔獣の攻撃を受けてしまった後遺症《こういしょう》で大工仕事ができなくなった。

それから彼は、様々な道具の修理など、体にあまり負担《ふたん》のかからない仕事を請《う》け負って暮らしていたらしい。

彼らはビアードさんがこの町で鍛冶工房を開くという話を聞いて、弟子入《でしい》り志願をしてきた者たちである。

最初ビアードさんは『俺が弟子なんか取っても、何も教えられるわけがねぇ』と断っていたのだが、思ったより多くなりそうな仕事量と、彼らの熱意に負けて結局受け入れることにしたのだとか。

先日、ビアードさんに「弟子を取ったことはないのか」と聞いたが、その時の彼の返答はこういうものだった。

「俺たちドワーフってのは、周りの大人たちの技を見て覚えるだけで、きちんと教わったことなんてねぇからよ。弟子に物事を教えるってもんがよくわかんねぇんだ」

そのため、弟子たちをどう扱っていいのかわからず困惑しているとのこと。

そのことをビアードさんは弟子入り志願の二人には説明したのだが、それでも弟子にしてほしいと頼み込まれて、仕方なく認めてやったと苦笑しつつ話してくれた。

「まぁ仕事のない時なら、質問されたら答えるくらいはしてやるとするよ。俺が人にものを教えるなんざ、なんだかむず痒《がゆ》いぜ」

口ではそう言いつつも、ビアードさんはまんざらでもなさそうだったっけ。

そんなことを思い出しながら、僕は二人の弟子に連れられ奥の工房へ向かう。

カン！　カン！　カン！

部屋の扉を開けると、途端に金属同士のぶつかる激しい音が耳に飛び込んできた。

ビアードさんは大きな鍛冶窯の前で、自家製の槌《つち》を振るって一心に鍛冶仕事に勤《いそ》しんでいる。

「ビアードさん、こんにちは！」

大きな音に負けないように大声で呼ぶと、彼は槌を振り下ろす手を止めず返事をする。

「おぅ、坊ちゃん。もう少しで終わるから、ちょっと待っててくれ」

カン！　カン！　カン！

カン！　カン！　カン！

どうやら最後の追い込み中のようなので、僕は邪魔をしないよう近くにあった椅子に座って、その様子を見ながら待つことにした。

弟子の二人はいつの間にかビアードさんの手元がよく見える位置に移動して、熱心に彼の手つきを見ては真剣な表情でメモを取っている。

あのメモ用紙は僕が設計図用にとビアードさんにプレゼントしたものなのだが、彼は図面を起こさずに全て脳内で組み上げるタイプらしく、メモ用紙は必要ないということで弟子たちにあげたらしい。

プレゼントした時点で既にビアードさんのものなので、彼がそれをどう使おうがかまわなかったのだが、彼は律儀《りちぎ》にもそのことで僕に許可を求めてきた。

一件傍若無人《ぼうじゃくぶじん》に見えるけれど、礼儀《れいぎ》に関してはきっちりとする人物なのである。

しばらくすると、ビアードさんは槌を打つ手を止めた。

「できたぞ。ジイカ、こいつを休ませてから三番通りのペディアさんのところに届けてきてくれ」

「わかりました」

ビアードさんが持っていたのは、バールみたいな形の金具だった。

ジイカは耐熱手袋を嵌めてそれを受け取ると、水で濡らした布の上に丁寧《ていねい》に置く。

休ませるというのはなんだろうと思っていたら、作ったばかりの熱を持った金物を涼《すず》しい場所で自然に冷ますことを言うのだとザワザが教えてくれた。

ビアードさんは槌を置いてこちらに近づいてくると、先ほど僕が入ってきた扉を指さす。

「坊ちゃん、待たせたな。あっちの応接室に行くか？」

「ここでいいですよ」

「そうか。じゃあザワザ、二人分のジョッキを台所から持ってきてくれねぇか」

そう弟子に言いつけてから、ビアードさんは僕の前に自分用の椅子を持ってきてどっかりと腰を落ろす。

「飲み物を持ってこい」ではなく「ジョッキを持ってこい」と言ったのは、僕が【コップ】からサボエールを出すので中身が必要ないからである。

客が飲み物を用意するというのは考えてみればちょっと不思議な気もするが、いつしかここではそれが当たり前になっていた。

まぁ、僕が【コップ】で毎回出した方が効率的にも経済的にもいいのだから仕方がない。

ザワザはすぐにジョッキを持ってきて、僕はビアードさん用の方にサボエールを注いだ。

その後、自分用として持ってきてもらった方には水を注ぐ。

「それで、今日はなんだ？　馬の砂上靴ならこの前、坊ちゃんちの馬面に渡したが」

ビアードさんの言う通り、僕が頼んだ馬用砂上靴は一昨日に試作品が完成して、デルポーンが受け取っている。

「その節はありがとうございました。まだ微調整が必要みたいなので、近いうちに見てもらえますか？」

「それはかまわねぇけどよ。今日はその件で来たわけじゃねぇのかい？」

ビアードさんはサボエールを一気に飲み干し、首を傾げる。

僕が今日この鍛冶工房を訪れたのは、別のお願いをするためだ。

僕は頷いて、その話を切り出す。

「もうすぐビアードさん以外の二人のドワーフが自分の村へ帰ると聞いたのですが」

「おう、その話か。とりあえず町の中央辺りの水路が完成したら一度村に戻って、俺が頼んだ資材とか、色々必要なものをまた誰かに持ってきてもらうことになってるが」

「実はですね、その時にうちの家臣を一人、一緒にドワーフの村へ連れていってほしいんです。本人から強い希望がありまして」

「家臣？　誰をだ？」

「エンティア先生なのですが」

「あのヒョロッこいのをか？　途中で死んじまうぞ？」

ビアードさんは心配そうな表情を浮かべ、眉間にしわを寄せる。

確かにエンティア先生の見た目は、かなりひ弱に見えるだろう。

だが、その実は違う。

ああ見えて彼女は、研究や学問のためなら危険な場所にでも自ら進んで赴《おもむ》く、フィールドワーク派の学者なのだ。そのため、意外と体力がある。

まぁ、以前は遺跡探索が楽しみすぎて、当日に風邪を引くという子供みたいなこともやらかしたが。

あと、これは認めたくないのだけれど、たぶん運動神経も僕より上だと思う。

ともかく、僕はそのことをビアードさんに説明した上で、更に条件を提示した。

旅で必要になる水については『神コップ』を提供すること。

ドワーフたちのために、サボエールの『神コップ』も貸し出すこと。

そう告げると、渋々《しぶしぶ》ではあったが了承を得ることができた。

これらの『神コップ』は、新たに作ることになる。

『幸福ポイント』はそれなりに消費してしまうが、最近は女神像によって安定して水を確保できるようになったおかげで『民の幸福ポイント』がたくさん貯まっている。二つ分くらいなら余裕があるのだ。

なお、両方の『神コップ』についてはエンティア先生が管理するとビアードさんに伝え、これも納得してもらった。

なぜならドワーフに管理させると、ずっとサボエールばかり飲んで旅が進まない危険性があるからだ。提供する量については、うまいことエンティア先生に調整してもらおう。

また、ドワーフの村に着いたら、友好の証《あかし》として存分に振る舞っていいと伝えてある。

魔力の補充はドワーフなら可能だろうし、何よりエンティア先生がドワーフたちに受け入れられるきっかけにもなるだろう。

交渉がまとまり、僕はビアードさんに頭を下げる。

「それじゃあ、村に帰る詳しい日程が決まったら連絡をお願いします」

「おう、万が一にでも怪我なんかさせないよう、あいつらには言っておくぜ」

「ありがとうございます」

「いいってことよ。その代わり、ここの空《あ》いている樽に鍛冶用の水と、台所に置いてある樽にサボエールを追加してくれよな」

ビアードさんはそれだけ言うと豪快に笑い、椅子から立ち上がって鍛冶窯の方へ戻っていく。

僕はその後ろ姿を見送りつつ、部屋の隅に置かれた樽に水を注ぎ、サボエールを追加するために台所へ向かったのだった。

◇　◇　◇

『条件を満たしました。【聖杯】の力が一部開放されます』

数日後。

朝の目覚《めざ》めと同時に、僕の脳内に、久々の女神様の声が響いた。

最近は町の人たちの笑顔をよく見かけるようになり、それに合わせて『幸福ポイント』も随分貯まってきている。だからそろそろではないかと思っていたが、見事に当たったな。

ただ、『幸福ポイント』の数値以外の要素も『条件』に関わっている可能性もまだ否定できない。簡単に決めつけず、慎重《しんちょう》に見極《みきわ》めなければ。

とりあえずはどんな力が開放されたのかスキルボードを確認する前に、寝起きの頭をクリアにしておいた方がいいだろう。

僕はベッドから椅子に移動し、毎度のごとくいつの間にか近くに控えていたラファムに声をかける。

「ラファム。モーニングティーを一杯くれないか」

「どうぞ、坊ちゃま」

「ありがとう」

ラファムからティーカップを受け取り、一口飲む。

口の中いっぱいに広がるいつもの味と香りに、少し寝ぼけ気味だった頭がゆっくりと覚《かく》醒《せい》していくのを感じた。

僕の【コップ】から出す【モーニングティー】も、成分は同じであるはず。それなのに、彼女が直接淹れてくれたお茶の方が格別に美味しく感じるのはなぜだろう。

品質改良の力を【モーニングティー】に使えば、あるいは同じ味になるのかもしれない。

でも僕は、ラファムのお茶に関しては品質改良を使わないと決めている。

万が一にでもそれをしてしまったら、罪悪感でもう二度とラファムの顔をまともに見れなくなってしまいそうだから。

彼女は以前「別に気にしない」と言ってくれたが、僕の考えは変わらない。

お茶を飲んで、しばらく無言でいたせいだろうか。

ラファムがほんの少しだけ心配そうに声をかけてきた。

「坊ちゃま？　何か悩み事でも？」

「いや、なんでもないよ。いつ飲んでもラファムのお茶は素敵だなって思ってね」

「おだてたところで何も出ませんよ……ところでおかわりは必要ですか？」

相変わらず無表情だが、少し口元が緩んでいるのを僕は見逃さなかった。

「ありがとう、いただくよ」

僕がティーカップを机の上に置くと、ラファムがすぐにおかわりを淹れる。

二杯目のモーニングティーを楽しみながら、僕はスキルボードを開いて項目に変化がないか調べた。

ざっと上から下まで見た限りでは、どこにも変わった部分は見られない。

「坊ちゃま、やはり何か悩み事があるのではありませんか」

相変わらずの不親切さに眉《まゆ》を寄せる僕に、ラファムが気遣《きづか》うように声を上げた。

おっと、いけないいけない。

ラファムにまた心配をかけてしまった。

「ちょっと今日の予定について考えていただけだよ」

「左様《さよう》でございますか」

ラファムはそう言い、僕が飲み干したティーカップを片付ける。

「それではまた何か御用がございましたらお呼びください」

そして一礼し、部屋を出ていった。

僕の表情を見て、気を利かせてくれたのだろう。

一人になり、僕はもう一度スキルボードに目を向ける。

やっぱりどこにも変化は見られない。

しかしあの声が夢で聞いたのでなければ、確実に新しい能力が追加されているはずなのだ。

「一体なんなんだろう?」

とりあえず、表示されているものを全て触ってみると……

「ん?」

スキルボードの『神コップ作製』ボタンを押した時だった。

今までだとすぐに、『幸福ポイント１０００を消費して【サボエール】の神コップを作製しますか？　はい・いいえ』という選択肢が出てきたはずなのに、今回は違う選択肢が表示されたのである。

『神コップの種類を選択してください。　耐久度《たいきゅうど》　低・耐久度　中・耐久度　高』

「……なんだこれ」

試しに『耐久度　高』を選択してみると、続いて選択肢が現れる。

『幸福ポイント２０００を消費して耐久度　高【サポエール】の神コップを作製しますか？　はい・いいえ』

どうやら、耐久度という新たな項目を設定できるようになったらしい。

注目すべきは必要な『幸福ポイント』の量だ。今までは１０００だったのに、倍に増えている。

「……一旦『いいえ』を選択して、今度は中を選んでみるか」

するると、別の選択肢が表示される。

『幸福ポイント1000を消費して耐久度　中【サボエール】の神コップを作製しますか？　はい・いいえ』

「消費する『幸福ポイント』は1000……今まで作っていた『神コップ』は、耐久度が中のものだったってことか」

つまり、『神コップ』には元々耐久度が存在していたということらしい。

永遠に使えるわけではないということは、この時初めて知った。

だとすると、耐久度が低の場合は……？

ボードを操作すると、選択肢が出てくる。

僕はそれを見て少し驚いた。

「消費『幸福ポイント』は200か。一気に少なくなったな」

予想以上に下がった必要ポイント数に、不安を覚えずにはいられない。

問題は耐久度が上下するとどうなるのか、である。

たとえば、魔力を補充する回数の上限に差があったりするのかもしれない。

とにかく、これだけの情報では『神コップ』が耐久度に応じてどれくらい保《も》つのかわからない。

これまで作ってきた『神コップ』は、まだ一つも壊れたという報告がないので『中』でもかなり保つのだろうが。

「ちゃんとした説明をくださいよ、女神様ぁ」

つい天を仰《あお》いで呟いたが、もちろん女神様からの返事があるわけもなく。

まぁ、詳しい説明がない以上は自分で試してみるしかないわけで。

仕方なく確認のために、耐久度を低にしてサボエールの『神コップ』を作製してみることにした。

選択肢で『はい』を選び、作製された『神コップ』を手に取る。

その姿は今までのものと少し違っていた。

「普通の『神コップ』より一回り小さいな。あと、紙が薄くてペラペラだ」

手から伝わってくる感触だけで、今作り出した『神コップ』の耐久度が低いことがわかる。

続けて僕は、ステータスを確認するために『神コップ』に意識を向けた。

すると、ステータスが目の前に浮かぶ。

『【サボエールの神コップ　低】　魔力　１００』

今までとの違いは、『低』の文字が追加されたくらいだろうか。

「試しに使ってみたいけど、ティーカップはもうラファムが片付けてしまったしな」

何か入れ物でもあればいいのだが、あいにくサボエールを注げるようなものは見当たらない。

かといって窓の外に向けて放っては、バチが当たりそうだ。

「もう一度ラファムに持ってきてもらうか……いや、それよりもせっかく作ったんだし、あの子に飲んでもらおう」

僕は『神コップ』を持って立ち上がり、部屋を出る。

目指すは二階の角部屋。

現在はあの大エルフのヒューレが住んでいる場所である。

最近は部屋に籠《こ》もって、僕が頼んだ新しい魔道具を開発してくれているはずだ。

魔道具が完成したあかつきには、サボエールを目一杯飲ませる約束をしていたのだが――

「報酬を先払いするついでに、『神コップ』の性能も試させてもらおうじゃないか」

これでせっかく作った『神コップ』も無駄にならないし、我ながらいい案を思いついたものだ。

自画自賛《じがじさん》しつつ彼女の部屋に向かう。

そして廊下の先、ヒューレの部屋の前にたどり着いた僕は、珍しく閉まっている扉をノックして彼女の返事を待つ。

が、しばらく待ってもなんの返事もない。

「寝てるのかな？　でも、女性の部屋の扉を勝手に開けるわけにもいかないし」

「それでしたら、私が中に入りましょうか」

「ああ、ラファムか。お願いしてもいいかな……って、いつの間に!?」

僕の背後に、ラファムが綺麗な姿勢で立っていた。

彼女はいつものように表情を変えず答える。

「先ほど坊ちゃまの部屋の扉が開く気配を感じましたので」

「気配って……まぁそれはいいや。ちょっとヒューレに用事があるんだけど、ノックしても出てこないから、頼めるかな？」

「わかりました。それではしばしお待ちください」

ラファムはヒューレの部屋の扉を開けて中に入った。

鍵《かぎ》がかかっていなかったのは幸いだが、不用心な気もする。

それからしばらくの間、扉越しに何やら慌ただしい物音がしていたが、それが聞こえなくなると扉が開いてラファムが顔を覗かせた。

「坊ちゃま、準備が整いました」

「ああ。ありがとう。それじゃあ中に入らせてもらうよ」

僕はそう言って、入室する。

中は思ったより綺麗に整えられていた。

あの音は、ラファムが部屋を片付けている音だったのだろう。

ただ、部屋の隅に積まれているガラクタの山はそのままにされていた。

僕はベッドの上で寝ぼけ眼《まなこ》をしているヒューレに挨拶する。

「おはようヒューレ」

「できればまだ眠っていたかった。ラファム、無慈悲《むじひ》」

そう答える彼女は、まだ半分夢の中にいるようにうつらうつらとしている。

この状態で話は通じるのかと思いつつも、僕は言葉を続ける。

「この前頼んだ魔道具の進捗《しんちょく》はどうかな？」

「魔道具？　あれなら完成した。そこにある」

彼女が指さしたのは、部屋に入ってきた時に見たガラクタの山だった。

あの中から目的のものを探すのはかなり大変そうだな。

僕はげんなりしながらそこへ向かう。

そして山の中から一つ一つ魔道具っぽいものを取り上げてはヒューレに見せて確認する
という作業を始めた。

せっかくラファムが片付けてくれた部屋が僕のせいでどんどん散らかっていくが、背に腹は代えられない。

終わったら僕も手伝って片付けようと思いつつ、確認を続けていった。

何個目のガラクタを見せた時だったろうか。

「それ正解」

「これかぁ」

山の下層からやっとお目当てのものが発掘《はっくつ》されて、僕は思わずその場にへたり込んでしまった。

それは真四角で鈍《にぶ》く銀色に光る金属の塊で、一見すると魔道具とは思えない。

大きさは僕の拳より少し小さい程度で、金属っぽい見かけからは考えられないほど軽かった。

僕はその魔道具を彼女が差し出した手のひらの上に置いて、問いかける。

「これが本当に頼んでいた魔道具なのか？」

「そう。最後の仕上げをする。見てるがいい」

そう言うと彼女は半目状態だった目を閉じて、聞き取れないほどの小さな声で、何かを唱《とな》えだした。

すると、魔道具が僅かに光りだす。

「まさか、呪文……なのか」

呪文とは、この国では遙か昔に失われた魔法技術の一つだ。

本来魔法は術者が頭に思い描いたものを現実化させる技で、どれだけ具体的に思い描けるかが魔法の力の強さに影響する。

だが呪文は、詠唱《えいしょう》するだけで使う魔法を強化することができたらしい。

だが、長い歴史の中で呪文は徐々に失われていった……はずなのだが、ヒューレはどうやら会得《えとく》しているようだ。彼女が長命種の大エルフだからだろうか。

ヒューレは呪文を唱え終えると、魔道具を軽くこちらに投げつける。

「できた。これで完成。寝ていい？」

「えっ、いや、これの使い方を教えてもらわないと」

「セルフサービス。それじゃあ寝る」

「いやいや、ちょっと待ってよ。さすがに無理だって。それにほら、今日はお礼のサボエールも持ってきたんだよ」

僕は慌てて先ほど作製したサボエールの『神コップ』をポケットから取り出して、彼女に見せた。

次の瞬間、彼女は目を突然カッと開く。

「空《から》っぽになった樽を出すから、それに入れて！」

ヒューレはそう叫ぶと何もない空中から大きな樽を一つ取り出し、勢いよく床にドンッと置いた。

あまりの早業《はやわざ》に一瞬何が起こったのかわからなかったが、とりあえず彼女の言葉に頷く。

「それじゃあ使い方を教えるから、それ貸して」

「はい」

差し出された手のひらに魔道具を載せると、彼女はそれを樽の中に放り込んだ。

そして魔道具に向かって、今度は僕にも聞こえる声量で呪文を唱える。

「バラフリベレ」

だが、何も変化が見られず、僕は樽の底を覗き込んでみる。

やはり、魔道具に何かが起こったようには見えない。

しかし、彼女は僕の背中を叩いて急《せ》かしてきた。

「これで起動した。早くサボエールを注いで」

「わ、わかったから叩かないでよ」

僕は慌てて『神コップ』を樽に向けて傾け、サボエールを流し込み始めた。

そして樽の半分まで注いだところで一度止め、『神コップ』の魔力残量を確認してみる。

『神コップ　低【サボエール】　魔力　80』

これくらいの樽半分で魔力は20消費するらしい。

ここまではいつもの『神コップ』とほとんど変わらない気がする。

じゃあ何が違うんだろう？

僕はいつもやっているように、『神コップ』に魔力を補充してみる。

だが――

「魔力が流れていく感覚がないな。これってもしかして」

僕はもう一度『神コップ』に意識を向けた。

『神コップ　低【サボエール】魔力　80』

残量表示が先ほどとまったく変わっていない。

「まさか耐久度が低の『神コップ』って、使い捨てなのか？　だからあんなに『幸福ポイント』の消費が少なかったと？」

補充できないのは残念だが、使用するポイントの少なさは魅力的だ。

使いようによっては、色々と便利なのではなかろうか。

とりあえず、これで【聖杯】の新しい機能については大体わかった。

ただ、耐久度を高にした場合の『神コップ』の特徴についてはこれからまだ調べていく必要があるだろう。

女神像に埋め込んだ【水】の『神コップ』は、設置初日からずっと水を出し続けているのにまだ壊れたという報告はない。

今までの『中』の段階でも、かなり長持ちするということだろう。

そう考えると、『高』の耐久度を調べるのは時間がかかりそうだ。

「シアン。そろそろいい感じ」

「え？　何が？」

先ほどサボエールを注いだ樽の中を覗き込んでいたヒューレが、樽の縁《ふち》に捕まる姿勢のままでそんな声を上げる。

一体何がいい感じなのか最初はわからなかったが、彼女と同じように中を覗き込み、すぐに合点《がてん》が行った。

樽の中から冷たい空気が流れてきて、僕の顔をくすぐったからだ。

僕が彼女に頼んでいたのは氷属性の魔法を付与した、冷蔵魔道具だったのである。

ヒューレは満足げに言う。

「うん、完成。キンキンに冷えたサボエール」

「そんなにすぐ冷えるんだ」

「思ったより強力だった。このままではエールが凍《こお》ってしまう。まだ魔道具としては未完成だったみたい」

ヒューレはそう言うと、どこからかジョッキを取り出して樽の中に浮かんだ魔道具を掬い、僕に手渡してくる。

「冷たっ」

「そういう魔道具だから当たり前」

ヒューレは呪文で起動していたが、魔道具は本来魔力を込めることで使えるようになる。

もちろん使っているうちに魔力はなくなっていくので、定期的に補充しなければならない。

そしてその作業を請け負うのは財政難《ざいせいなん》に陥っている貧乏貴族であり、彼らにとって貴重な収入源となっているという現実がある。

もし僕が誰にでも魔力があるということを公表したならば、彼らの仕事を奪うことになってしまう。

それが、僕が魔力の存在を公表することを躊躇《ちゅうちょ》した理由の一つだ。

そんなことを考えていると、ヒューレが注意してくる。

「その『氷キューブ』はあんまり触ってると手が凍《こお》る。危険」

『氷キューブ』というのは、この魔道具の名前なのだろう。

「確かに指先がかなり冷たくなってきた。ところで、この魔道具ってどうやって止めるの？」

僕は氷キューブを再び樽の中に放り込み、ヒューレに尋ねる。

が、彼女の答えは予想外のものだった。

「止まらない」

「えっ」

「一度起動したら、充填《じゅうてん》した魔力が尽《つ》きるまで止まらない」

起動する時に呪文を呟いていたので、停止させるための呪文もあるのだと思っていたが、それはないと言う。

そうだとすると、使い方がかなり限定される魔道具だ。

できれば使わない時は止まってほしいのだが。

「それで、どれくらいで魔力は尽きるの？」

「気合いを入れて、大量の魔力を圧縮《あっしゅく》して詰め込んだ。だからたぶん十年くらい」

「じゅ、十年⁉」

とんでもない量だ、と驚嘆《きょうたん》する。

僕も他の人よりは魔力量が多い方だと自負《じふ》しているが、ヒューレには到底《とうてい》及ばないと気づかされた。

最近は彼女のことを、いつも飲んだくれてだらけている駄目なエルフと思っていたが、やはり大エルフというのは伝説的な存在なのだと再確認させられた。

「それは凄いけど……さすがに十年は長いかな」

「じゃあ次は半分くらいにする」

「それよりも、起動と終了を自由に切り替えられるようにはできないかな？」

僕が言うと、ヒューレは腕を組んで、しばらく思案した。

そして、こう答える。

「できないことはない。たぶん。でも作るの面倒」

「そう言わず、作ってほしいな」

「ギブアンドテイク」

どうやら『やってやるから同じくらいの対価をよこせ』と言いたいらしい。

「じゃあ何が欲しいの？」

「お酒と、それが飲めるいい感じの酒場」

「酒場なら宿屋の一階にあったと思うけど」

僕の頭に、夜な夜な町民たちが集まる宿屋の光景が浮かぶ。

ベルジュちゃんの両親は最近外仕事をやめ、宿屋の一階で昼間は食堂、夜は酒場としての営業を何年かぶりに再開したのである。

それもこれも、この町の食糧事情が随分と改善してきたおかげなのだろう。

昼が忙しい時はベルジュちゃんが手伝いに入ることもあるが、夜は町の娘が給仕の仕事をしていると聞く。

前にバタラも臨時《りんじ》で働いたことがあるらしく、この町の人たちは基本的に酒を飲んでも暴れ回る者はいないので仕事は楽だったと言っていた。

それにしても、バタラの給仕姿か……

その姿を想像して僕がぼーっとしていると、ヒューレがいつのまにか机に向かって何かをし始めていた。

彼女はペンを持ち、メモ用紙に何かを描いているようだ。

そのまま真剣な表情でペンを走らせていた彼女だったが、描き終えると僕のもとへやってきて、目の前に突き出してきた。

「こんな感じのムーディな酒場。作って欲しい」

ムーディというのはよくわからないが、彼女が差し出したメモ用紙に描かれていたのは、今ある大衆食堂とは別物みたいだ。

多種多様《たしゅたよう》なお酒の瓶が棚《たな》に並んで、静かな雰囲気の店内は、なんとなく大人の雰囲気を醸《かも》し出している。

日頃の大酒飲みで作法など気にしないヒューレがこんな酒場を要求したのも予想外だったが、それより驚いたのはその絵のうまさである。

さすがにバタラと比べると劣《おと》る気がするが、それでも素晴らしい画力だ。

少なくとも、僕なんかでは彼女の足下にも及ばない。

しばらく呆気《あっけ》に取られたが、気を取り直してヒューレに確認する。

「えっと、これを作れと？」

「そう」

「つまり、落ち着いてお酒が飲めるお店が欲しいということか」

「たまには私も静かに飲みたい日がある。このセリフ格好いい。メモしておこう」

ゆっくりとお酒を飲む……か。

そういえばこの領地にやってきてからというもの、周りに大酒飲みが多いせいでゆっくりとお酒を嗜《たしな》む機会はほとんどなくなっていた。

大体は樽いっぱいに僕がお酒を注いで、それを誰彼かまわず豪快にジョッキを突っ込んで掬って飲むような宴会ばかりだ。

王国にいた頃の僕だったら、絶対にその輪《わ》に交じることはなかっただろう。

今ではすっかり慣れたし、最近はそういう酒宴の方が好きだが。

といっても、僕は日常ではあまりお酒を飲まない。気分が乗った時にほんの少し味わう程度だ。

「でも意外だな」

僕がポツリと漏らすと、ヒューレは僅かに首を傾げる。

「何？」

「いや、ヒューレが静かにお酒を飲むのが好きだったなんてさ。いつもドワーフ以上に豪快に酒を飲んでいる姿しか見ていなかったから」

「あれはTPO」

「ティー……なんだって？」

「つまり、時と場合に合わせているだけ。本来の私は淑女《しゅくじょ》」

絶対に淑女ではないと思うが、ここで正直に言って彼女にへそを曲げられては、魔道具の改良をしてくれなくなる可能性もある。

僕は無言で頷きだけを返すと、メモ用紙を見ながら彼女に告げた。

「すぐには無理だろうけど、近いうちにヒューレのためにこういう酒場を作ると約束するよ」

「期待してる」

「その代わり、氷キューブの改良を頼むよ」

彼女は右手に拳を作ったあと、その親指だけを立ち上げる。

これは確か『任せろ』という意味だったはずだ。

「すぐに取りかかる。あと、その失敗作はシアンにあげる」

「ヒューレがお酒を冷やすのに使うんじゃないの？」

「自分で冷やせるから必要ない」

そういえばそうだった。

僕は彼女の魔法を見て、魔道具製作を依頼したのだから。

「それじゃあ、これは遠慮なくもらっていくよ。ラファム、お願い」

「はい、坊ちゃま」

僕が差し出した氷キューブを、どこから用意したのかラファムが厚手《あつで》の布でぐるぐる巻きにする。

それを横目に、僕は樽へもう一度耐久度低の『神コップ』でサボエールを注いだ。

スキルボードで確認すると、『神コップ』の魔力残り残量は60。

残量が0になった時にどうなるのかは気になるが、ここで全てを使い切れそうにはない。

樽がいっぱいになったのを確認してから、僕は軽くヒューレに手を振って部屋を出る。

さて、この制御が利かない魔道具を使って、何かできないものか。

僕は『氷キューブ』を包んだ布を手にし、そんなことを考えながら階段を下りていくのだった。

◇　◇　◇

「食糧庫ですか？」

「ああ、魔獣の肉とか食品を保存してある倉庫に、これを置こうと思ってね」

数時間後、僕はバタラの家を訪れていた。

机の上に、布に包まれたままの氷キューブを置き、その布を取り外す。

すると途端に、布の中に閉じ込められていた冷気が部屋の中に広がっていった。

「なんですか、これ？」

「僕がヒューレに頼んで作ってもらった魔道具の試作品だよ。名前は氷キューブって言うんだ。ちなみに、名付けたのは彼女」

「ヒューレさんって魔道具も作れるのですね。ひゃっ、冷たい」

バタラが氷キューブの表面を触って、伸ばした指を慌てて引っ込める。

長い間包まれていたせいもあってか、氷キューブの表面はかなり冷たくなっていたようだ。

「私、本物の氷って見たことはないんですけど、こんなに冷たいものなんですね」

バタラは目を丸くしていた。

年中気温の高いエリモス領では、氷なんてまず見られないだろう。

僕は説明を続ける。

「これを使って食糧庫の中に冷蔵室でも作れば、腐りやすい食べ物も保存できるようになると思うんだ」

この町の主な食糧は、周りにある僅かな耕地から取れる野菜や、砂漠に生えるサボなどの特殊な植物。

そして砂漠兎《うさぎ》や砂漠ミミズといった、乾燥地に住む動物の肉である。

常に気温の高いこの地では食糧を保存することは難しく、狩ってきた獲物もすぐに食べるか加工するかの二択しかなかった。

今でこそ遺跡が発見され、腐りにくい魔獣の肉が獲れるようになったおかげで、随分と食糧事情はよくなった。

だが、その前は食糧事情も水も限界ギリギリだったわけで、そんな状態でもデゼルトの町の住民たちは今までたくましく生きてきたのだから驚くしかない。

だけど、これからもっと食糧事情はよくなる。

試験農園での作物の栽培実験は今のところ順調で、野菜や果物については目処《めど》が立ったと言ってもいいだろう。

これらを長期保存するために、冷蔵庫はどうしても作っておきたい。

ちなみに、肉類に関してはいずれ畜産《ちくさん》事業も行っていきたいと考えている。

だが、今のところはまだそこまでの余裕がないため、しばらくは魔獣の肉を頼りにするしかないというのが現状だ。

バタラは納得したように頷く。

「それでストッカさんを探してるんですね」

「そういうこと。彼の意見を聞かずに、食糧庫を勝手に増設するわけには行かないからね」

彼女の言う通り、僕はストッカという老人の居場所を聞きにバタラのもとを訪れた。

ストッカは、この町の生命線とも言える食糧庫を管理している男性だ。

彼の仕事は食糧庫に保存されている食糧を、町の人たちに公平に配ること。その仕事の性質上、人々から信頼されていなければ務《つと》まらない。

ストッカは少し偏屈《へんくつ》ではあるが厳格《げんかく》な性格で、町の人たちにも一目置かれており、食糧庫の番には最適な人物である。

通貨は出回っているのに食糧に関しては基本的に配給方式なのは、この町の現状からすれば仕方のないことだろう。なぜなら食糧は町の共有財産、誰かが独占すれば比喩《ひゆ》ではなく死人が出るのだから。

ちなみに、個人同士の物々交換や売買、定期的に行われる狩猟《しゅりょう》以外で自ら狩りに出かけて手に入れた食糧は共有物にはならない。いずれは配給方式も撤廃《てっぱい》したいものだ。

なお、僕はストッカと今までも何度か話したことがある。

彼の特徴は目が見えないほど生えている眉毛と、それとは逆にツルッツルの頭。

そしてくるっと巻かれている整った口髭である。

貴族の中にも同じような髭を蓄《たくわ》えている人を見かけたことがある。一度話を聞いてみたが、毎日その形を保持するのは大変だと言っていた。

厳《いか》めしい老人のストッカが、毎朝鏡に向かって髭を綺麗に整えているのかと思うと、少し面白くもある。

バタラは「うーん」と少し考えたあと、こう言った。

「たぶん今頃は食糧庫にいると思いますけど」

「それは丁度いいね。早速行ってみるよ」

「あ、私も今は手が空《あ》いてますし、付いていきます」

バタラと共に、食糧庫へ向かいながら、僕はこの町の食糧事情について考えを巡らせる。

農園が本格的に始動し、畜産も始まれば、食糧を管理する必要もなくなるだろう。

そしてタージェルを通じた交易が大きく成長すれば、町の経済活動も本格的に活発になるはずだ。

それは、そう遠くない未来の話だと僕は確信している。

「とりあえず今必要なのは、ヒューレに頼まれた酒場用の酒と、メディア先生に頼まれた植物の種と……」

歩きながら、僕は懐からメモ用のノートを取り出して、これから必要になるであろう品物を書き込んでいく。

近いうちに清書して、伝書バードを使いタージェルに送るものの一覧《いちらん》だ。

伝書バードは片道切符な上に数が限られているので、頻繁《ひんぱん》にやりとりするのは難しい。

そのため、ある程度欲しいものがまとまってからでないと発注できないのが難点《なんてん》である。

しかも、発注が遅くなると仕入れ自体が間に合わず、次回の便で品物が手に入らない場合もあるとタージェルからは聞かされている。あまり悠長《ゆうちょう》に考えられるわけでもないのだ。

「着きましたよ」

バタラの声に、僕はメモを書く手を止め、前方を見る。

いつの間にか目的地に到着していたらしい。

目の前にはそれほど大きくない小屋がある。あの小屋が食糧庫の入口である。

ただ、普通の小屋と違うのは、正面の扉がかなり大きくて頑丈《がんじょう》な鉄製ということ。

正面の扉は食糧の搬入口《はんにゅうぐち》だったはずで、人が出入りする扉は横に取り付けられているのだったか。

僕とバタラは建物の横に回り込むと、同じ鉄製の扉を見つけた。こちらは開閉がしやすいよう、普通の大きさである。

扉を開け、二人で入って急いで閉める。

この町にはほとんどいないらしいが、開けっぱなしにしてネズミが入り込んではいけない。

ガチャン。

鉄製の扉が音を立てて閉まると、外の光に慣れた目では、しばらく何も見えなくなってしまう。食糧庫の中には窓がなく、ほとんど真っ暗なのだ。

一時的な暗闇の中で僕とバタラはしばらくその場から動かずに、目が慣れるのを待つ。

やがて、徐々に青白い光が見えるようになってきた。

「ここに来るのは三回目くらいだけど、いつ見ても神秘的だね」

「そうですね。私、ここの光が大好きなんです」

光の正体は光石《こうせき》という石で、暗闇の中で光を放ち続けるという不思議な特性を持っている。

建物の中には光石が左右の壁面に等間隔《とうかんかく》に配置され、下り坂の通路を優しく照らしていた。

僕たちが今から目指す食糧庫はこの通路の先。

つまり町の地下にある。

日の光に照らされ、建物の中でも暑くなるこの地でも、地下なら涼しい空間を確保できるのだ。

僕は坂道を、バタラと話をしながら下っていく。

「この食糧庫も、ドワーフが作ったんだっけ？」

「少しだけ違います」

バタラは首を横に振り、詳しく説明してくれた。

「この場所は元々、王国が大渓谷の開発を行っていた時に、物資の保存庫として作ったものらしいです。その頃は光石ではなく、光る魔道具が設置されていたと聞きました」

そして国が開発から手を引く時、高価な魔道具だけ取り外して建物自体は放置した。

それをのちになって、町の人たちが食糧庫として使い始めたのだとか。

当時は明かりがなかったので、小さなランタンの明かりだけを頼りに作業をしていたそうだ。

その後、そんな状態を見かねた当時密かに交流のあったドワーフが光石を持ってきて埋め込み、今のような状態になったという。

「ドワーフたちはやっぱり親切だね」

「ビアードさんは『もっと美味しいサボエールを作ってほしかったからだろ』と言ってましたよ」

「ははは、ビアードさんらしいな」

サボエールは発酵管理さえきちんとしておけば、普通のエールの産地よりも高温の地でも作れるお酒だ。

しかし本来、エールを作るなら気温がもっと低い方が適している。

地下で醸造《じょうぞう》したなら、もっと美味しいサボエールが飲めるのではないか、とドワーフたちは考えたのだろう。

「それにしても……」

僕は階段を下りながら、不思議な光を放つ光石にそっと手を触れた。

指先に伝わるひんやりとしたゴツゴツの感触は、それが石であることを実感させる。

「本当に不思議な石だね」

「ビアードさんが言っていました。大渓谷の底にはこの石がいっぱいあって、そのおかげでとても明るいって」

「その光景は実際に見てみたいね。本当は僕が人類で初めて大渓谷に行く人になりたかったけど……」

僕は光石に触れていた手を放し、ため息をつく。

「エンティア先生に先を越されちゃうんだよな」

「そうなんですか？」

首を傾げるバタラに、僕は先日ビアードさんに頼み込んだ内容を語って聞かせた。

「……というわけで、エンティア先生は、もうすぐ村に帰るドワーフたちに付いていくことになったんだ」

「それは先生もさぞお喜びでしたでしょうね」

「喜びすぎて色々と大変だったよ……」

子供みたいにはしゃいだエンティア先生がやらかした事件を三つほど話終わった頃、やっと坂の終点にたどり着いた。

そこには小屋の入口と同じような大きな扉が設置されている。

この奥に、食糧庫とサボエールの醸造所がある。

大きな扉の横に、こちらもまた小屋の入口と同じように、小さな扉が取り付けられていた。

大きい方が搬入口で、小さい方が出入り口というのは上と変わらない。

小さな扉に手をかけてゆっくりと開いていくと、中から涼しい空気が流れ出して足下を冷やす。

それと同時に――

「誰じゃ！」

中から老人の大声が飛び出してきた。

あまりに大きな声だったせいで、僕の鼓膜《こまく》がゆわんゆわんと揺れてめまいがした。

「バタラです。あと領主様もいます」

一方バタラは慣れているのか、何事もないように扉から中に向けて返事した。

そして彼女は、まだ足下がふらついている僕に肩を貸して中に入っていく。

そういえば、初めてここを訪れた時もまったく同じ音波攻撃を受けたな。

随分と日が経っていたから、すっかり忘れていた。

中に入ると、一人の老人が待ちかまえていた。

「おおバタラ、それに領主様まで。つい癖で怒鳴ってしまって、失礼しましたな」

老人――ストッカは、自慢の髭を気まずそうに撫でながら言った。

少し腰は曲がりかけているが、もう何年も病気になったこともないほど元気な老人だ。

食糧庫の奥の壁には至るところに光石が埋め込まれていて、室内は薄暗かった通路とは違って全体が見渡せるほど明るい。

ずらりと立ち並ぶ棚には町中から集められた食糧が並べられており、種類は少ないがきちんと仕分けされている。

ちなみにサボエールの醸造所は更にここからもう少し下がった場所に作られていて、今はそこへの扉は閉じられている。

「何度見ても凄い。機能美とでも言うのかな」

僕は食糧庫を眺め、小さく感嘆の声を上げた。

棚の中にある物品がしまわれた箱には、一つ一つ羊皮紙がぶら下がっていて、内容物と消費量が記録されている。

全ての記録を付けているのがストッカと、もう一人――

「爺《じい》ちゃん、客か？」

大量に並んだ棚の奥から、少年の声が聞こえてきた。

それと同時に、棚の上にひょっこりと現れたのは、この町では珍しく肌の白い少年。

少年がぴょんっと飛び降りると、ストッカが怒鳴る。

「こらディーポ！　危険じゃから棚の上には乗るなと何度も言ったじゃろ！」

「やべっ」

少年の名はディーポ。

ストッカの孫で、まだ十二歳の子供ながら彼の手伝いをしている。

彼が色白なのは、先天的に強い日差しを浴び続けると肌に支障《ししょう》が出る体質だからだとか。

子供たち同士で遊ぶ時も、基本的に日陰にいるらしい。

そんな彼の将来の夢は、ストッカの跡を継いでこの町の倉庫番になることだと、前にここへ来た時にこっそり教えてくれた。

ストッカ自身にそれを知られるのは恥ずかしい、とも言っていた。

逃げていくディーポを見て、ストッカはため息をつく。

「まったくあの子は。棚が倒れて大怪我すると何度も言っておるのに……ところで領主様」

「なんです？」

「領主様は何か用があってこんな地下までやってきてくれたんじゃろ？　そろそろ話を聞かせてもらえますかな」

「ええ、実は……」

僕は新しく領主館に住むことになった大エルフのヒューレのことと、彼女が作った『氷キューブ』のことをストッカに話す。

「その氷キューブとやらを見せてくれんかのう」

ストッカの返事を聞いて、僕は肩から提《さ》げた鞄の中にしまってあった、布に包んだままの氷キューブを取り出した。

巻いてある布を取ると、冷気があたりに漂《ただよ》う。

「ほう、これがのう。触ってもいいですか？」

「どうぞ。かなり冷たいですが長時間触らなければ問題ないと思います」

そう答え、ストッカの差し出した手のひらの上に氷キューブを乗せる。

「これはなかなかの冷たさじゃな。しかも軽い。一体どういう仕組みになってるんじゃろうか」

ストッカは興味深げに氷キューブをつまみ上げて、軽く振ったり撫でたりを繰り返す。

しばらくしてストッカは「なるほど。これは便利なものじゃ」と言い、氷キューブを僕に返す。

「話が見えました。その魔道具を、倉庫に置くということですかの？」

「そうです。ただ、これ一個で大きな倉庫全体を冷やせるわけではないので、新たに冷蔵用の小さな倉庫をドワーフたちに作ってもらおうかと思っているのですが」

「確かに全部が全部、冷蔵が必要なものではないですからのう」

「今まではそうだったんですが、今後は冷蔵する食材が増えてくると考えています」

僕とストッカがどれくらいの大きさの冷蔵倉庫を作るかを相談していると、先ほど逃げていったディーポが、棚の隙間《すきま》を縫《ぬ》ってやってきた。

大きめの袋を抱えているところを見ると、奥の方からストッカに頼まれた品物を持ってきたらしい。

「爺ちゃん、魔獣肉の燻製《くんせい》を取ってきたよ」

「どれどれ」

ストッカは一旦僕との会話を中断し、ディーポが運んできた袋の中身を確認する。

「確かに注文通りの数じゃな。それじゃあそれを配達に……」

ストッカはディーポに二言三言指示を出すと、自分は部屋の隅にある机に向かい羊皮紙へ記録を書き込み始めた。

すると、ディーポがこちらに近づいて話しかけてきた。

「ねぇねぇ領主様」

「なんだい？」

「さっき少し聞こえてたんだけどさ、その氷キューブっての、オイラも触ってもいいかな？」

「別にかまわないけど、あんまり長く触っちゃだめだよ。手が凍るかもしれないからね」

ディーポは頷いて持っていた荷物を一旦地面に下ろし、氷キューブに恐る恐るといった風に指を伸ばす。

「ひやっ、つめてぇ。なんだこれ」

最初こそおっかなびっくりだったディーポだったが、しばらくすると慣れてきて、両手で『氷キューブ』を掴んで持ち上げるまでになった。

この町の子供は氷というものを知らないので、こんなに冷たい物体は見るのも触るのも初めてなのだろう。

キューブを頬に当てたり抱きしめたりと子供らしい好奇心を発揮していたディーポだったが、書き物から戻ってきたストッカに「早く配達に行け」と怒られると、慌てて僕に氷キューブを返し、荷物を持ち上げる。

そして渋々といった表情で荷物を抱え、日避《ひよ》けのフードを深くかぶってから配達に出かけた。

それを見送ったあと、僕は先ほどの続きでストッカと冷蔵倉庫をどの位置に増設するかを話し合い、大体の位置を決めてから食糧庫をあとにした。

「外は暑いな」

「今まで涼しいところにいましたから、余計に暑く感じるんですよ」

僕は額に浮かんだ汗をハンカチで拭きつつ、バタラと共に歩きだす。

「氷キューブの完成品を量産できたら、いっそ町中のいろんなところに置いておくのもいいな」

「それはいいアイデアかもしれませんね。私たちも暑さには慣れているとは言っても、辛い日もありますし」

「大渓谷の向こうから吹く風が時々やむ日があると聞いたけど、その時とかかな？」

「ええ。普段はあの風があるおかげで、日陰で過ごしていれば問題ないのですけど……」

僕はまだ遭遇《そうぐう》したことがないが、この町へ大渓谷の方から流れてくる謎の涼しい風。

それが年に一度、完全に止まる日があるのだという。

「風といえばエルフの領分だ。ヒューレは大エルフだけど、もしかしたら何か知っているかもしれない。近いうちに、聞いてみないとな」

「そうですね。ところでシアン様は今日はこれからどうなさる予定なのでしょう？」

「そろそろタージェルに送る発注書をまとめないといけないし、試験農園に行ってメディア先生から欲しい種の種類を聞いてこようかと」

バタラも付いてくるかと尋ねると、彼女は首を横に振った。

「今日はこれから子供たちに勉強を教えることになってまして」

「そうなのか。バタラも忙しいな」

「シアン様ほどではありませんよ。それに、みんなに勉強を教えるのは楽しいですし」

「バタラは頭がいいし、何より教え方が上手いからね」

「そんなことないですよ」

彼女は顔を赤くして俯《うつむ》いてしまった。

この前、僕はシーヴァの捕獲を頼みに行くついでに、バタラがベルジュちゃんや他の子供たちに勉強を教えているところを見学させてもらった。

バタラの教え方はとても的確で、子供たちも懐いていた。その姿を見た僕は、まさにこれこそがバタラの天職だと思ったほどである。

その時ふと僕は、バタラと別れる前に一つ聞いておきたいことがあったのを思い出した。

「そういえば、この前渡した本はもう読んでくれたかい？」

「一応一通りは読んで試してみたんですけど、うまく行かなくて」

僕がバタラに渡した本とは、僕が幼い頃から使っていた魔力操作訓練の教本だった。

全ての人が魔力を持っていると知った僕は、彼女に魔力の操作方法を学んでほしいと思ったのである。

なぜならバタラは既に十四歳。

しかも近いうちに十五歳になり、成人となってしまう。

そうなると体内の魔力の流れが徐々に固定化され、自らの意思で操作することが困難になっていくのだ。

僕はバタラに言う。

「それじゃあ、近いうちに僕が直接教えてあげるよ」

「いいのですか？」

「ああ。もちろん」

それから、バタラに予定が空《あ》いている日時を聞いて、今日は別れることになった。

「それではもうすぐ時間なので、もう行きますね」

「教師役は大変だろうけど頑張って」

「はい！　それでは失礼します、シアン様」

そう言って駆けていく彼女の背中を見送ってから、僕は試験農園へ向かう。

途中ですれ違った何人かの住民たちと軽く挨拶を交わしつつ、小さな門を抜ける。

そして知った。

先ほどまですれ違った住民たちの顔色が、なぜあんなに悪かったのかを。

うじゃうじゃうじゃうじゃ。

今、試験農園に着いた僕の目の前で大量の触手が気持ち悪くうごめいている。

「あの頭の細長い子がキャロリアの魔植物。あっちの丸っこい頭のがキャベの魔植物。とっても可愛いさよ」

◇　◇　◇

「また増やしたんですか……」

僕はその光景を、絶望的な気持ちで眺めていた。

メディア先生の言う通り、それぞれの魔植物は元の植物の特徴が頭の部分に出ている。

だが、彼女以外の誰が見ても可愛くは見えないと思う。

「おーいお前たち。シアン坊ちゃんに挨拶をするさよ」

メディア先生が魔植物たちに号令をかけると、合計で十体にまで増えた魔植物が一斉にうねりを止め、頭っぽい部分をこちらに向けた。

一斉に同じ部位を向けてくるということは、その部分に何かしらの感覚器官でも備わっているのだろうか。

うねうねうねうねうね。

そんなことを考えていると、十体の魔植物がうねりを再開して一斉にこちらにやってくる。

まだジェイソンのように自由に地面から離れて動き回れる個体は少ないようだが、それも時間の問題だろう。

植物とは一体なんなのかと、哲学的な思考にふけりたくなる。

「おーよしよし。お前たち、整列するさよ」

魔植物を一列に並ばせるメディア先生。

先頭にいるのはたぶんジェイソンだ。

ジェイソンは頭っぽい部位を、僕の手が届く高さまで下げて静止する。

他の九体もジェイソンと同じポーズを取って動きを止めた。

僕はどうすればいいのかしばし悩んだが、とりあえず挨拶をしてみることにした。

「や、やぁ君たち。立派に育って僕も嬉しいよ」

魔植物たちに無難《ぶなん》な言葉をかけてみる。

だが魔植物たちは微動《びどう》だにせず停止したままだ。

「……」

僕はメディア先生に視線を送って、「これどうしたらいいんですか？」と救いを求めた。

「一匹一匹頭を撫でてやるといいさよ。さぁお前たち、領主様に撫でてもらいな」

「ええっ、撫でるんですか⁉」

「それが一番、この子たちの喜ぶことさね」

魔植物のことを一番よく知っているメディア先生が言うのだからそうなのだろう。

でも……抵抗感がないと言えば申し訳ないが嘘になる。

だって、気味が悪いし。

だが、ここで嫌だと言えば健気《けなげ》に待ってくれている魔植物たちが可哀想《かわいそう》だ。

僕は恐る恐る、目の前まで下げられたジェイソンの『頭』に手を伸ばす。

さわっ。

つるつるに見えたジェイソンの頭だったが、うっすらと産毛《うぶげ》のようなものが生えていて、
意外に触り心地は悪くない。

ゆっくりと優しく撫で続けると、ジェイソンは少し身もだえるように動く。

これは喜んでいると解釈《かいしゃく》してよいのだろうか。

「どうだい。触り心地は最高だろ」

「思ったよりもふわふわしてて驚きましたよ」

そう答えつつ頭から手を離すと、彼――なのか彼女なのかわからないが、ともかくジェイソンは元の直立姿勢に戻り、そのまま後ろに下がっていく。

そして今度は次の魔植物が入れ替わるように僕の前に移動し、撫でやすい位置まで頭を下げた。

手を伸ばし、こちらも撫でてみる。

ジェイソンに比べると頭部は少し丸く、表面の産毛も薄い。

「よろしくな」

撫でながら、そう口にしてみた。

ジェイソンほど感触はよくないが、それでもなかなか気持ちいい。

「次の子はカンソンだね」

メディア先生の号令で、次々と魔植物たちの『挨拶』は進んでいく。

どの頭も見かけではほとんど同じだが、触ってみるとそれぞれかなりの違いがあることがわかった。

わかったところでどうなるというものでもないのだが。

「それじゃあみんな、持ち場に戻るさよ」

全員分の頭を撫で終えると、メディア先生の号令で魔植物たちは農園の各所に散らばっていった。

その後ろ姿を見送ってから、僕は今日ここにやってきた用件を果たすべく、メディア先生に向き直る。

「メディア先生、今日僕がここに来たのは――」

「お説教なら聞きたくないさね」

僕の言いつけを守らず、また魔植物を増やしたことを怒られると思ったのだろう。

確かにそれはそれで説教案件ではあるのだが、そのことについては何度言っても無駄だろうという諦めがついている。

実際、この前まったく同じ内容の説教をしたばかりだし。

僕はため息をつき、首を横に振る。

「説教してほしいならしますけど、そんな用件じゃありません。この前メディア先生が言っていた種の話ですよ」

「なんだ、そのことかい。そういや坊ちゃんに欲しい種の種類を書いたやつを渡してなかったね」

メディア先生は慌てて農園の横にある小屋の中に入っていくと、しばらくして一枚の紙を持って帰ってきた。

僕はその紙を受け取ると、内容を確認する。

「いっぱい書いてありますね」

「思いつく限り全部書いてあるから仕方ないさよ」

「全部?」

「そう、全部。この土地で魔肥料を使った場合、どんなものが栽培に適しているか調べないといけないからねぇ」

「でもこんな量、タージェルでも難しいと思いますよ」

僕がぎっしりと書き込まれた作物の名前を見ながら言うと、メディア先生は「できる限りでいいんさよ」と軽く笑う。

「一応それぞれ知ってる限りの産地と収穫時期、それに種や苗《なえ》の保存方法も書いといたから、迷う心配はないさね」

「……まぁいいか。とりあえず、これはタージェルに送っておきますよ。無理して集めなくていいという補足《ほそく》もしておいてね」

僕は受け取った紙を丸めて懐にしまい、ふと農園に目を向けた。

そこでは魔植物たちが何体もうごめきながら農作業をしている。

植物が植物を育てているという不思議な風景。

だが、その中で数体ほどの魔植物がぼーっと立ち尽くしたまま動かずにいることに気がついた。

「先生、あの魔植物たちは休憩でもしてるんですか？」

僕がその中の一体を指さして尋ねると、メディア先生は小さく横に首を振って僕の言葉を否定する。

「あの子たちは畑の警備をしてるさね」

「警備？　あんな畑の真ん中でですか？」

一体何から畑を守ろうとしているのか聞こうとしたが、その時空から一羽の鳥が畑に向けて急降下してくるのが目に入った。

すると……

パシン！

先ほどまでまったく動きを見せなかった警備担当の魔植物が蔦を伸ばし、急降下してきた鳥をはたき飛ばしたのである。

「ああ、なるほど」

試験農園は簡易的ではあるが、一応周りを柵《さく》で囲んである。

しかしそれでは地上の動物たちは追い返せても、空からやってくる鳥は防ぐことができない。

「鳥とか空から来る獣対策に、蔦を長く伸ばせる子たちを配置することにしたんさよ」

聞けば、魔植物たちは器用なことに鳥自体は外へ打ち出すだけで殺してはいないらしい。

それにも何か意味があるのかと僕が聞こうとしたその時だった――

「坊ちゃま！　メディア殿！」

町の方から僕たちを呼ぶ声が聞こえ振り返ると、バトレルがこちらに向かってやってくるのが目に入った。

ラファムではなくバトレルがこんなところまで僕を呼びに来るとは、珍しいこともあったものだ。

もしかして、何か緊急事態が起こったのかもしれない。

「どうしたんだ？」

落ち着いたバトレルの顔からはそれほど深刻な事態ではなさそうに思えるが、彼は何があっても表情に出さないので話を聞くまでは判断できない。

「実はエンティア殿が」

「先生がまた何かしでかしたのか？」

ドワーフの村へ行けるとわかってからずっと彼女は浮かれていて、普段はしないような失敗を繰り返していたため、みんなが心配をしていた。

だから彼女がまた何かやらかしたのだろうと僕は思ったのだが……

バトレルは頷いて話す。

「お部屋へ昼食を届けに行ったラファムが、部屋の中で倒れているエンティア殿を発見いたしまして」

「倒れたって……大変じゃないか」

「とりあえず医務室のベッドに寝かせましたが、なるべく早くメディア殿に診てもらわねばと」

「まったく、あの娘は自己管理ができないにもほどがあるさね」

呆れた口調で言いながら、メディア先生はジェイソンを大声で呼び寄せる。

「それじゃあ、急いで行くさよ」

「うわぁっ」

「おやおや、これは」

根を足のように使って勢いよく駆けつけたジェイソンは、そのまま僕たち三人を器用に蔦で巻き取って持ち上げた。

そして――

「ジェイソン！　領主館まで急いで向かっておくれ」

メディア先生の号令と共に、ジェイソンは僕たちをぶら下げながら町へ向けてとんでもない速度で走りだすのだった。

間章　嵐《あらし》の前の……

「お父様。これは一体どういうことか説明願えますか？」

一人の少女が、豪奢《ごうしゃ》な部屋の奥にある立派な椅子にふんぞり返って葉巻を咥えている男の目の前に、一枚の紙を叩きつけた。

その紙には、一人の爽やかな笑みを浮かべた青年の顔が描かれている。

いわゆる写し絵というものである。

「ヘレンか。いつ戻ったのだ」

少女の名はヘレン＝ファリソン。

かつてシアン＝バードライの婚約者だった娘である。

普段は優しい笑みをたたえているその顔が、今は怒りに満ちた表情に彩《いろど》られ、金髪の縦ロールも激しく揺れている。

汗で額に張り付いた前髪は、彼女が身だしなみも整えず急いでこの部屋までやってきたことを物語っていた。

「つい先ほど、お父様からの召喚状を受けて戻ったのですわ。もしかして自分が召喚状を出したこともお忘れですか？」

彼女は、もうすぐ行われる婚約者との結婚の準備のために、王都を離れていた。そこに、実家から召集《しょうしゅう》命令がかかって、大急ぎで戻ってきたのだ。

「ああ……そういえばそうだったな。そんな些事《さじ》などすっかり忘れておったわ」

男の返答にヘレンは一瞬言葉を詰まらせるが、この男はそういう性格だと散々知っている。

ヘレンの父親は、昔から自分の子供にまったく興味を示さない。

ヘレン自身も彼に父親らしいことをしてもらった記憶はほとんどない。

彼にとっては実の娘だろうと他人だろうと、自分の駒《こま》の一つに過ぎないのだ。

彼女は気を取り直すために一息置いてから話を再開する。

「それでお父様。聞きたいことの一つは、まず召喚状と共に届いたこの写し絵のことですわ」

「そいつは……確かトラッシュ家の次男坊だったか。まだ許嫁《いいなずけ》もおらぬままでフラフラしておるらしくてな」

「社交界で一度会ったことがありますけれど、その方の写し絵をどうして私に送ったのでしょうか？」

トラッシュ家の次男。

彼女もファリソン家主催《しゅさい》の晩餐会《ばんさんかい》で一度顔を合わせたことがある。

その僅かばかりの記憶の中の彼は、常に陰鬱《いんうつ》とした表情を浮かべていた男で、写し絵に描かれている姿は別人にしか見えない。

ヘレンの父親は、当然とばかりに答える。

「それはもちろん、お前とそいつの婚約が決まったからだが」

「婚約⁉　わ、私は既にシアン様という婚約者がいましてよ」

「シアン……シアン……ああ、バードライ家を追放された坊主のことか」

「追放ですって⁉」

父親の口から思いも寄らない話を次々と聞かされ、ヘレンは一体自分が実家にいない間に何が起こったのか理解できず絶句《ぜっく》してしまう。

「バードライ家の跡継《あとつ》ぎとしてかなり優秀だと聞いておったのだがな。だからお前を嫁《とつ》がせて縁を繋いでおくつもりだったというのに」

ヘレンの父親は不愉快《ふゆかい》そうに手にした葉巻を潰すと――

「女神からゴミのような力を押しつけられる程度の男だったとはな」

そう吐き捨てた。

「バードライの奴もさぞかしがっかりしただろうよ。こちらとしても危うく手駒《てごま》を一つ無駄に使うところであったがな」

新しい葉巻を取り出しながらそう告げる父親の言葉は、ヘレンにとって信じられない話であった。

あの聡明《そうめい》で優しかった彼が。

女神様のことを誰よりも敬《うやま》っていた彼が。

そんな彼の授かった力が、家を追放されるほど酷いものだったなんて、信じられるわけがなかった。

「成人の儀で一体何が……？」

父親の言葉に唖然《あぜん》とするヘレンに、更なる追い打ちがかけられる。

「そんな男に大事な駒を使うわけにはいかんのでな。既にバードライ家との婚約はこちらから破棄させてもらった」

貴族間の婚約破棄。

そんな重要な案件を、本人になんの相談もなくこの男は実行したというのだ。

「私に一切断りも入れずに……ですか」

「お前の許可を取る必要がどこにある？　これは家と家との話だ。ガードン、この娘にこれからの予定を伝えておけ」

その言葉と共に扉が開き、メイドを数人引き連れた大柄な男が部屋に入ってきた。

彼は長年ファリソン家に仕《つか》えている、執事のガードンという者である。

筋骨隆々《きんこつりゅうりゅう》の体からはとても執事という職業に就《つ》く者とは思えなかったが、その物腰や醸し出す雰囲気は見かけに反して柔らかい。

彼がメイドたちに指示を出すと一斉にヘレンは取り囲まれ、肩や腕を掴まれてしまった。

「お嬢様、こちらへ」

開いたままの扉の横でガードンがそう言うと、メイドたちが一斉に部屋の外へ向けて動きだした。

「放しなさい、お前たち」

「お嬢様、落ち着いてください」

「私たちは何もしませんから」

メイドたちは何もしないと言いつつも、ヘレンの肩や腕を放す気配はない。

そしてその後ろをガードンが付いていき、部屋を出たところで扉を閉めた。

「お嬢様、詳しいお話はお部屋で」

閉ざされた扉を睨みつけるヘレンに、見かけからは想像できないほどの優しい声音でガードンが告げると、彼女は抵抗を諦めるように体の力を抜いた。

あの父親に、これ以上何を言っても無駄なのは十分わかっているのだ。

ファリソン家では、当主である彼の判断が全てにおいて優先される。

それはヘレンだけでなく、彼女の姉弟であっても変わらない。

「わかりました。シアン様のこと、詳しく教えてくださいますか？」

「私の知る範囲であれば」

ガードンは複雑そうな表情を浮かべて答えた。

彼は幼い頃から見守ってきた少女が、元婚約者のことをどれほど愛していたのかを知っていた。

できることならば二人の幸せな姿が見たいと、そう願っていた。

「それでかまいませんわ。お前たち、もう手を放してちょうだい」

「はい」

メイドたちがゆっくりと手を放すとヘレンはガードンに「では行きましょうか」と告げ、自分の部屋へ移動する。

その足取りは酷く不安定であり、彼女の今の内心を表していた。

部屋にたどり着いた時、屋敷まで急いで帰ってきた体の疲れと、先ほどのやりとりで負った精神的な疲労で椅子に倒れ込むように座る。

——そして、彼女は自分がシアンとの結婚の準備に王都を離れている間に起こったことを、ガードンの話を通じて知った。

「そんな……シアン様が追放だなんて。あのお優しいシアン様が……しかも国さえ見捨てたと言われる、あのエリモス領へですって⁉」

茫然自失《ぼうぜんじしつ》の彼女にガードンが最後に残した言葉。

それは、トラッシュ家の次男とヘレンの結婚式が数週間後に行われるというものであった。

◇　◇　◇

「来てしまいましたわ」

父親からの呼び出しを受け、シアンの追放と新しい婚約者という衝撃的な話を聞かされてから数日。

最初の夜こそ泣き明かしたヘレンであったが、翌日からはこの現状をどうにかできないかと、ずっと考えを巡らせていたのである。

表面上は父親に素直に従っているように見せかけつつも、裏では数少ない信頼できる者を使って情報収集を行う日々。

その結果、シアンが国も見捨てた不毛の地へ追放されたことも、彼との婚約が正式に破棄されていることも事実として確認できた。

できるならシアンのあとを追ってエリモス領に向かい、もう一度彼と話をしたい。

そんなことを考えていた。

「といっても、私一人の力ではシアン様を追うこともできませんし」

他の娘よりも少しは活動的だと自分でも思っていても、それはそれ。

所詮《しょせん》は貴族の令嬢《れいじょう》である。

隙をついて家をこっそり抜け出すくらいのことはできても、一人で王都から遠く離れた最果ての地まで旅をすることは不可能だ。

無理に旅立ったとしても、治安のいい王都ならまだしも長い道中を無事に越えられるとは思えない。

護衛を雇うという方法もあるが、彼女自身が自由にできるお金で雇えるのは身元の怪《あや》しい者だけだろう。

「私は一体どうすれば……」

今、彼女はバードライ家の庭をぐるっと囲む垣根《かきね》の中に潜《ひそ》んでいた。

本来なら警備の厳しい大貴族家の庭に忍《しの》び込むなどということは不可能なはずである。

しかも腕利きの盗賊ならまだしも、ヘレンはただの貴族令嬢。

だが彼女はかつてシアンから、密かにこの庭まで忍び込める秘密の抜け道のことを聞いていた。

シアン曰く、この通路を知っているのは自分と、彼の師匠だけなのだとか。

その秘密の通路のことを昨夜思い出した彼女は、いても立ってもいられず、密かに屋敷を抜け出してやってきてしまったのである。

話に聞いただけで実際に通ったのは初めてだった。

しかし随分と使われてないはずなのに綺麗に枝葉が切り揃えられていて、そのおかげでヘレンでもなんの問題もなく庭までたどり着くことができた。

「懐かしいですわね」

目の前に広がる庭園の風景を見て、彼女はため息を漏らす。

彼女は一度だけシアンと共にこの庭を歩いた、かつての日のことを懐かしく思い出す。

あの頃はまだ自分がシアンの婚約者なのだということに納得が行っていなかった。

一生懸命《いっしょうけんめい》ヘレンをエスコートしようと頑張るシアンに対して、彼女は少し冷たい態度を取ってしまった。

しかしそれはしょうがないことだ。

なんせその時の彼女はまだ十三歳になったばかりで、結婚ということはまだまだ先の話だと思っていた。

それにシアンは当時から小柄だったせいもあって、彼女としては幼い子供が背伸びしているようにしか思えなかったからだ。

まだ夢見る少女だったヘレンにとって、シアンの見かけはあまりに幼すぎた。

「それでもエスコートの仕方は今思えば大人にも負けてはいませんでしたけど。それがまた……」

独り言を呟くうちに、当時の風景がヘレンの頭に浮かぶ。

「あの頃はあんなに彼のことを子供だと思っていたのに」

今の印象とはまったく逆だ――

ヘレンはシアンのことを思い、涙を流す。

その時だった。

「あらあら、綺麗なお顔が台無しだよ」

「!?」

彼女の背中から、突然そんな声がかかったのだ。

ヘレンの心臓が一瞬驚きで止まりそうになる。

まさか誰かにつけられていた?

「おや、びっくりさせちゃったね。とりあえずこれで涙を拭きな」

慌てて後ろを振り返ると、目深に頭巾《ずきん》をかぶった女性がハンカチを差し出していた。

あまりに怪しい姿にヘレンは少し躊躇したが、女性の声に敵意がないことに気がつき、ハンカチを受け取る。

そして涙を拭き、ヘレンはハンカチを返しながら疑問をぶつける。

「あなたはどちら様でしょうか？」

「あたしかい？　あたしはモーティナって言う、ただの旅人さ」

「モーティナさんですね。あなたは、どうしてこんなところに？」

この通路はシアンとヘレン、そして彼の師匠の三人しか知らないはずである。

そもそも、ただの旅人がこんなところまで侵入してくるわけがない。

モーティナは口元に笑みをたたえて答える。

「別にこの屋敷に忍び込んで悪さをしようってわけじゃないさ」

「もしや、お父様の命令で私を連れ戻しに来たとかでしょうか？」

「お父様？　一体何を勘違いしてるのか知らないけど、あたしは旅人だって言っただろ」

「ではどうしてあなたはこの通路のことを知って……やはり、私のあとをつけたのですか？」

秘密の通路を他人に知られてしまったことに焦るヘレン。

しかし彼女は、モーティナが次に放った言葉を聞いて目を見開く。

「この抜け道をあたしが知ってるのは当たり前さ。なんせこの道を作ったのはあたしなんだからね」

モーティナは声音に笑いを含ませながらそう口にしたのである。

この隠し通路を作ったのがモーティナ。

だとすると、彼女の正体は――

「まさかあなたがシアン様のお師匠様なのですか？」

「師匠だなんてそんな立派なもんじゃないよ。あたしはただ、この屋敷の……まぁそれはいいとして」

モーティナはヘレンから受け取ったハンカチをしまうとその場に座り込む。

「お嬢ちゃんがこの通路を知ってるってことは、シアンに教えてもらったんだろう？　確か婚約者の女の子に教えちゃったんですってあの子から聞いたことがあるよ」

「そうです。私はこの隠し通路のことをシアン様から教えてもらいました。ですが、モーティナさんがこの道を作ったという話は初耳ですわ」

「誰が作ったとかはどうでもいいと思ったんだろうね。しかしシアンから聞いていたより随分と綺麗なお嬢ちゃんじゃないか」

モーティナはそう言うと少し緩んでいた口元を引き締める。

「少し聞きたいことがあるんだけどさ。久々に王都に来たから寄ってみたらどこにもシアンもその家臣もいやしないんだが。シアンの奴は一体どこに行ったんだい？　嬢ちゃん、何か知っているんだろう？」

「ええ、つい先日知ったばかりなので、混乱しているのですけど——」

「おっと、こんなところで長話もなんだ。どうだい、あたしの行きつけの店でゆっくりと話を聞かせてくれやしないかい？」

「お店ですか？　でも私お金は持ってきていないのです」

「もちろんあたしの奢《おご》りさ。場所はそんなに遠くないから。それに——」

モーティナはヘレンの顔を指さし……

「そんな汚れた顔と服で戻るわけにもいかないだろ」

そう言って、もう一度ハンカチを取り出しヘレンの顔を優しく拭った。

そうして二人が隠し通路から這い出て向かったのは、裏路地《うらろじ》の寂《さび》れた喫茶店《きっさてん》であった。

テーブル席が四つと簡単なカウンターがあり、その向こうで店主の男が先ほど彼女たちが注文した珈琲《コーヒー》と紅茶を準備している。

古いが清潔《せいけつ》に保たれた店内は、貴族が通うような店とはまた違った優しさを感じさせて、少し緊張していたヘレンは心が解きほぐされていくように感じた。

「私、こういうお店は初めてですの」

「だろうね。まぁ、貴族のお嬢様が来るようなところじゃないからね」

モーティナは笑いながら言うと、店主から呼ばれカウンターの方へ歩いていった。

そしてすぐに二つのティーカップを持って帰ってくる。

「このお店は自分で品物を取りに行くのですか？」

「いいや、本来は普通に店長が持ってきてくれるんだけどね。あたしのような常連客は、店長が忙しそうな時は自分で取りに行く癖がついちまっててね」

ない。

「忙しい？」

　今、店内にいるのはヘレンとモーティナの二人だけ。とても店が忙しいようには見えない。

　疑問符を頭に浮かべたヘレンの前に、モーティナは彼女の注文した紅茶を置く。

「今は丁度夕飯時のために仕込みをしてるところなのさ。この店が一番混むのは夕方以降でね。大量の常連客がやってくるんだよ」

「喫茶店なのに、ご飯を食べに来る方がそんなに？」

「そこが表通りのお洒落《しゃれ》な店とは違うところでね。まぁそれは今はいいだろ。とりあえず知ってる限りでいい、シアンのことを教えてくれないか」

　モーティナは珈琲を一口飲むと、表情を真剣なものに変えてヘレンを見た。

　貴族のお茶会で飲む高級な紅茶に勝《まさ》るとも劣らない味と香りに驚いていたヘレンであったが、モーティナの表情を受けて口を開く。

「私のわかる範囲でよろしければ、全てお教えいたしますわ――」

　そうしてヘレンが知っていることを話しだしてしばらく。

　二人の目の前に置かれたティーカップの中身がなくなった頃、モーティナは大きく息を吐いて「なるほどね」とだけ呟き黙り込んだ。

　ヘレンから聞かされた内容を彼女は一つ一つ脳内で整理し、事態を把握しようとしているのだ。

「まさかシアンが追放されるなんてな。あたしの見る限りあの屋敷の中で一番聡明だった坊ちゃんをねぇ」

「他のお二方も優秀な方々だと聞いておりますが……」

ヘレンは彼女が出席したことのある数少ない社交の場で聞いた話を思い出しつつ答える。

長男のアルバ＝バードライは、女神から現当主である彼の父親を超えるほどの力を授けられた人物。

そして長女のアイラ＝バードライは、同じく女神様から貴族の中でも最上級の氷魔法を授けられ、近々皇太子との婚約が発表されるのではとまことしやかに噂されているほどである。

「あんなのが王妃《おうひ》になったらこの国は終わるんじゃないかね……って、今も大して変わらないか」

「あんなのって……」

「噂はあくまで噂ってことさ。あの兄弟姉妹の中でまともだったのはシアンただ一人……それを追放するとは愚《おろ》かなことをしたもんだ」

そう言ってモーティナは窓の外に目を向ける。

彼女の見つめる先、裏通りに立ち並ぶ建物の更に上に見えるのは王城に次《つ》ぐ大きさの建物。

毎日たくさんの人々が祈りを捧げる巨大な女神像のある『大聖堂』が見える。

「もしかしてアレのせいなのかねぇ」

「アレとは……大聖堂ですか？　確かにシアン様は女神様から酷い力しか授からなかったせいで追放されることになったと聞きましたが」

「……あの子はね。むしろ女神様にずっと守られていたのさ」

モーティナは窓から目を離すとそう語り始めた。

「守られていた？」

「あの子は幼い頃、死にかけた時に女神様から神託を授かったらしいんだよ」

「神託……ですか。その話が本当だったら大騒ぎになっていてもおかしくないと思いますが」

ヘレンの言葉にモーティナは軽く肩をすくめる。

「神託のことは人には言わないようにと女神様から言われたそうだよ。それでも時々ポロッと口にしちゃってたけどね。まぁ子供の言葉なんて誰も信じやしなかったらしいが」

「でも、モーティナさんは信じているのですよね」

「あたしゃ他にも神託を受けたって奴を知ってるからね……あの人から聞いた話と、シアンから聞いたことを重ねりゃ、それが嘘か真《まこと》かわかるわけさ」

そう言いながらカップに手を伸ばし、その中が空《から》っぽだと気がついた彼女が珈琲のおかわりを店主に求める。

「あんたもどうだい？」

「それでは私も紅茶のおかわりをお願いできますか。とても美味しくて驚きましたの」

ヘレンの言葉に、席までやってきた店主は「嬉しいことを言ってくださる。ではとっておきのを出しましょう」と顔をほころばせた。

先ほど飲んだ紅茶ですら非常に美味しかったというのに、とっておきとはどれほどのものなのだろうか。

期待に胸膨らますヘレンを見ながら、モーティナは話を続けた。

「とにかくあの子が女神様に守られているってのは間違いないのさ。なのに『役に立たない神具』なんてものを女神様がシアンに与えるわけはないんだよ」

「でも私ができうる範囲で集めた情報でも、それは間違いない話でしたわ」

ヘレンが父親の言葉を信じられず、側近《そっきん》の信じられる者たちに頼んで集めた情報の全てが『シアンは水しか出せないコップという使えない神具を授けられた』というものであった。

そこに疑う余地は一つもない。

「水しか出せないコップだっけ？　それは本当に水しか出せなかったのかね」

「ええ。シアン様本人が何度も何度も試したけれど水だけしか出せなかったと嘆《なげ》いてらっしゃったらしいですわ」

「たとえば『その時は水しか出せなかった』ってだけなんじゃないかね……とすると、もしかしたら――っと、おかわりができたみたいだね」

モーティナは話の途中でカウンターで手招きする店主に気がついて立ち上がる。

一方モーティナが口にしかけた言葉にヘレンはかつて読んだことのある物語を思い出していた。

それはこの国の建国にまつわる物語。

そこに出てくる数々の神具は昨今貴族たちに授けられるものとはまったく違って、まさに神の力が具現化《ぐげんか》されたようなものばかりであった。

そしてその中の一つに彼女は思い至る。

「まさかシアン様の授かったものって――」

◇　◇　◇

「美味しい……」

ヘレンはモーティナが運んできてくれた『とっておき』の紅茶を一口飲んで、思わずそう呟いていた。

　今まで飲んだことのあるどんな紅茶よりも美味で、口の中に広がるえも言われぬ香りに彼女の心は虜《とりこ》になってしまいそうだった。

　一体これはなんなのだろうか。普通の紅茶とは違う別の何かではないのかとすら彼女は思った。

「どうだい？」

「ええ、とっても美味しいですわ。それになんだか心が安らいでいくような」

「そう言ってもらえると、そのブレンドの開発者としては嬉しいねぇ」

「開発者？」

「その紅茶を開発したのはあたしなんだよ。昔この町にいた頃にこの店を見つけてね、珈琲以外で何か表通りの店に対抗できるような目玉商品がほしいって店長がぼやいてたから、私の持つ百八つのレシピの一つをプレゼントしたってわけさ」

　モーティナは旅の途中で手に入れた様々な茶葉や香草を使った新しいお茶作りが趣味なのだそうだ。

　心が安らぐこのブレンドの他にも様々なレシピを持っていて、その町の市場でものさえ揃えばまた今度ヘレンに飲ませてあげると告げた。

　ヘレンはそんな話を聞きつつ、少しの間紅茶の香りに包まれてゆったりと時間を過ごした。

やがてカップが空《から》になった頃。

そのタイミングを見計らったかのようにモーティナが口を開いた。

「それであんたはどこまで気がついたんだい？」

「もしかして、シアン様が女神様から授かった神具というのは……『聖杯』なのではないかと」

先ほどまでのまったりした空気は一瞬で消え去り、ヘレンはモーティナにだけ聞こえるような小声で答える。

一瞬モーティナの顔に驚きの表情が浮かんだのを見たヘレンは、自らの想像が当たっていることを確信する。

「やはり、そうなのですね」

「どうしてそう思ったんだい？」

モーティナは目を細め、珈琲の香りが漂うカップを持ち上げながらヘレンに問いかける。

「私、昔は病弱でずっと屋敷の中で過ごしていた時期があったんです。その時、屋敷の中にある書庫の本を毎日読んでいて」

その書庫の奥。

普段は誰も触ることがない本棚の更に奥に、件《くだん》の建国記はひっそりと隠されるように置かれていたのだった。

「そこにはこの国が作られるまでのお話と、いくつかの神具についての物語が綴《つづ》られていました」

「聖杯の物語も？」

「ええ、語られている神具の中でも、最高位の神具であるとして語られていました。だから覚えているのです」

ヘレンの言葉に彼女は感心したように呟く。

「そんなちゃんとした記録が今でもこの国に残っていたなんてね。もうとっくにそんなものは失われたと思ってたよ」

大きくため息をついたモーティナは、頭巾の奥の目に今まで以上の真剣さを宿して言葉を続けた。

「まさかあんたがそこまでの知識を持ってるとは思わなかったね。つい調子に乗ったあたしにも問題があるけどさ」

モーティナはスラッとした上半身をヘレンに近づけ、耳元に顔を寄せて囁《ささや》いた。

「そこまで知られちゃ放っておくわけにもいかないね。あんた、あたしと一緒にシアンのところに逃げないかい……？」

◇　◇　◇

王都で初めてモーティナとヘレンが出会った翌日。

二人は早速行動を開始することにした。

彼女たちの目的は同じ。

エリモス領デゼルトへ行き、シアンに会うことであった。

家の者たちに悟《さと》られぬよう、朝から気分が悪いと部屋に籠もって旅立ちの準備を始めたヘレン。

手持ちの服の中でなるべく動きやすいものを探したがほとんど見つからず、途中で買い揃えると決めて下着類だけバッグに詰め込んだ。

次にモーティナと打ち合わせした通りに小物入れを開き、お金に換金できそうなものを何点か見繕《みつくろ》ってそれも詰める。

今のヘレンにとって必要なのは美しく自らを着飾らせるものではなく、旅費に変えることができるものである。

「あとは置き手紙だけですわね」

ヘレンは机の前に座ると、引き出しから便箋《びんせん》と筆記用具を取り出し机の上に並べた。

既に書くことは決まっている。

「こんな手紙を残したとして、あの父は何も感じないかもしれませんけれど」

ゆっくりと丁寧に、思いの丈《たけ》をぶつけるように彼女はその筆を進めていく。


どれくらいの時が経ったであろうか。

コンコン。

二階にある彼女の部屋の窓を外から叩く音がする。

目を向けるとそこには空中に浮かぶようにしてモーティナが立っているではないか。

いや、彼女は空中に浮いているわけではない。

その足下にはうっすらと透明な何かが存在していると、ヘレンは部屋の光の反射でわかった。

「本当に氷で階段を作ることができるなんて。とんでもない魔法の使い手だったのですね」

ヘレンが窓を開くと、そこから軽い足取りでモーティナが部屋の中に入ってきた。

身軽なその動きに、ふわりと一瞬彼女がいつも深くかぶっている頭巾が浮かびかけ、慌てたようにモーティナは両手でそれを押さえる。

昨日も結局彼女は最後までその頭巾を取ることはなく、ヘレンは不思議に思っていた。

「どうしてそんな美しいお顔を隠していらっしゃるのですか？」

頭巾から垣間見えるモーティナの顔は、ヘレンが今まで会ったことのあるどんな女性よりも綺麗に思える。

むしろだからこそ彼女は顔を隠しているのかもと思いはしたが、二人きりの作戦会議中も彼女はその頭巾を取ることはなかった。

「ちょいとわけがあってね。あまり人に見られたくないんだよ。それよりも準備はできたのかい？」

「ええ、今丁度お父様への置き手紙を書き終えたところですわ」

「余計なことは書かなかったろうね？」

「たぶん大丈夫だと思いますわ。確認してくださいます？」

そう言ってヘレンは先ほど書き上げたばかりの二通の手紙をモーティナに差し出した。

片方は父親へ、もう片方は彼女を支えてくれていた家臣へのものであった。

「どれどれ」

差し出された手紙をモーティナが読み終わるまでの間、ヘレンは用意したバッグを窓際《まどぎわ》まで移動させ、そこから振り返って長い間過ごしてきた部屋を見渡し記憶に焼きつけた。

実際ここで過ごしたのは今までの人生の半分にも満たない期間ではあったが、それでも数多くの思い出が詰まっているのは間違いない。

だが今日、彼女はこの部屋を捨てて旅に出るのだ。

そして今のところはもう二度と帰ってくるつもりもない。

「まぁこれでいいんじゃないか。で、この手紙に書いてある嘘の行き先のトラッシュ家の領地って、どこにあるんだい」

「偶然なのですが、シアン様が追放されたエリモス領とは王都から見て真逆《まぎゃく》の方向ですわ。たぶん馬車で六日間ほどの」

「すぐにバレるだろうけど少しは追っ手が来るのを遅らせられる……か」

「そのつもりで書いたのですが、やはりすぐに気づかれてしまいますでしょうか」

「まぁ、追う方が本気なら一日も騙《だま》せないだろうけどね」

モーティナは肩をすくめると、二通の手紙を丁寧に宛名《あてな》が見えるように机の上に並べてから窓際のヘレンの方へやってきた。

そして、床に置かれたバッグをひょいっと肩に担《かつ》ぎ、軽い足取りで窓から外へ跳んだ。

「さようなら」

ヘレンはもう一度最後に自らの部屋を振り返りそう告げると、モーティナのあとを追って窓の外へ飛び出したのだった。

それからの旅は思っていたより順調に進んだ。

慣れない長旅ではあったが、モーティナの魔法や様々な知識のおかげで、何か問題が起こってもすぐに乗り切ることができたのが大きかった。

更に、不思議と追っ手が差し向けられることもなかった。

彼女たちがエリモス領のすぐ側にある最後の経由地にたどり着いたのは旅立ってからおよそ十日後。

そこで出会った最果ての町へ唯一出入りしているという行商人の親子と共に、やっとのことでたどり着いたデゼルトの町。

十日以上もの長い行程の果て、ようやく愛《いと》しのシアンに会えると領主館へ向かったへレン。

しかし、彼女が屋敷から出てきた執事に告げられたのは——

「シアン様は、今はこの町にはいらっしゃいません」

そんな予想もしなかった言葉であった。

あとがき

この度は文庫版『水しか出ない神具【コップ】を授かった僕は、不毛の領地で好きに生きる事にしました2』をお買い上げいただき、誠にありがとうございます。

二巻は主人公シアンの師匠やヒューレ、そして元婚約者であるヘレンが本格的に登場する内容となっております。

シーヴァが仲間となったおかげで様々な謎が解明されると同時に、新たな謎が増えるという展開の巻でもあり、ここから物語は第二ステージに入るわけです。

このあたりは執筆当時かなり苦労した記憶があります。

なんせシアン君自体の能力は前回のあとがきでも書いたように、とても強力とは言えない能力なので、仲間といかに連携《れんけい》して問題を解決させるかを考えないといけません。

常温の水、もしくは泥状のものしか出せないという縛《しば》りは、思った以上にキツかったですね。でもそのおかげで、主人公が自分の力だけでなんでも解決していくような作品とは一線を画《かく》す特徴的な世界観を描くことができました。主人公頼りの内容に陥らず、結果的には良かったと言えましょう。

本作を書き出す前は、聖杯の能力はもっと強力で大体の物事は簡単に解決できるような設定も考えていました。

けれども、それだとシアンが居なくなった後、この領地は滅びるしかないのではないか？

そんな考えが浮んだため、一人の主人公の力だけに依存せずに、様々な人間たちの知恵や労力を借りた領地経営ものを目指す方向になったのです。

その目論見が成功しているかどうかは、是非、読者の皆様の目でお確かめいただけますと幸いです。


さて、この文庫版の二巻の内容はアルファポリスのＷｅｂサイトで連載中のコミカライズでもご覧《らん》いただけます。漫画版では三巻で描かれていますので、併《あわ》せてそちらもお楽しみください。

それではまた、皆様とお会いできる日を願って、いったん筆を置くことにいたします。

二〇二二年九月　長尾隆生

「銀座編」大好評発売中！
累計650万部(電子含む)突破！
ゲートSEASON1～2
大好評発売中！
SEASON1 陸自編
単行本
●本編1～5／外伝1～4／外伝+
●定価:本体1,870円(10%税込)
文庫
●本編1～5〈各上・下〉／外伝1～4〈各上・下〉／外伝+〈上・下〉
●各定価:本体660円(10%税込)
漫画
漫画:竿尾悟
●1～21(以下、続刊)
●各定価:本体770円(10%税込)
SEASON2 海自編
単行本
●本編1～5
●各定価:本体1,870円(10%税込)
文庫
最新5巻〈上・下〉大好評発売中！
●本編1～5〈各上・下〉
●各定価:本体660円(10%税込)